KB052656

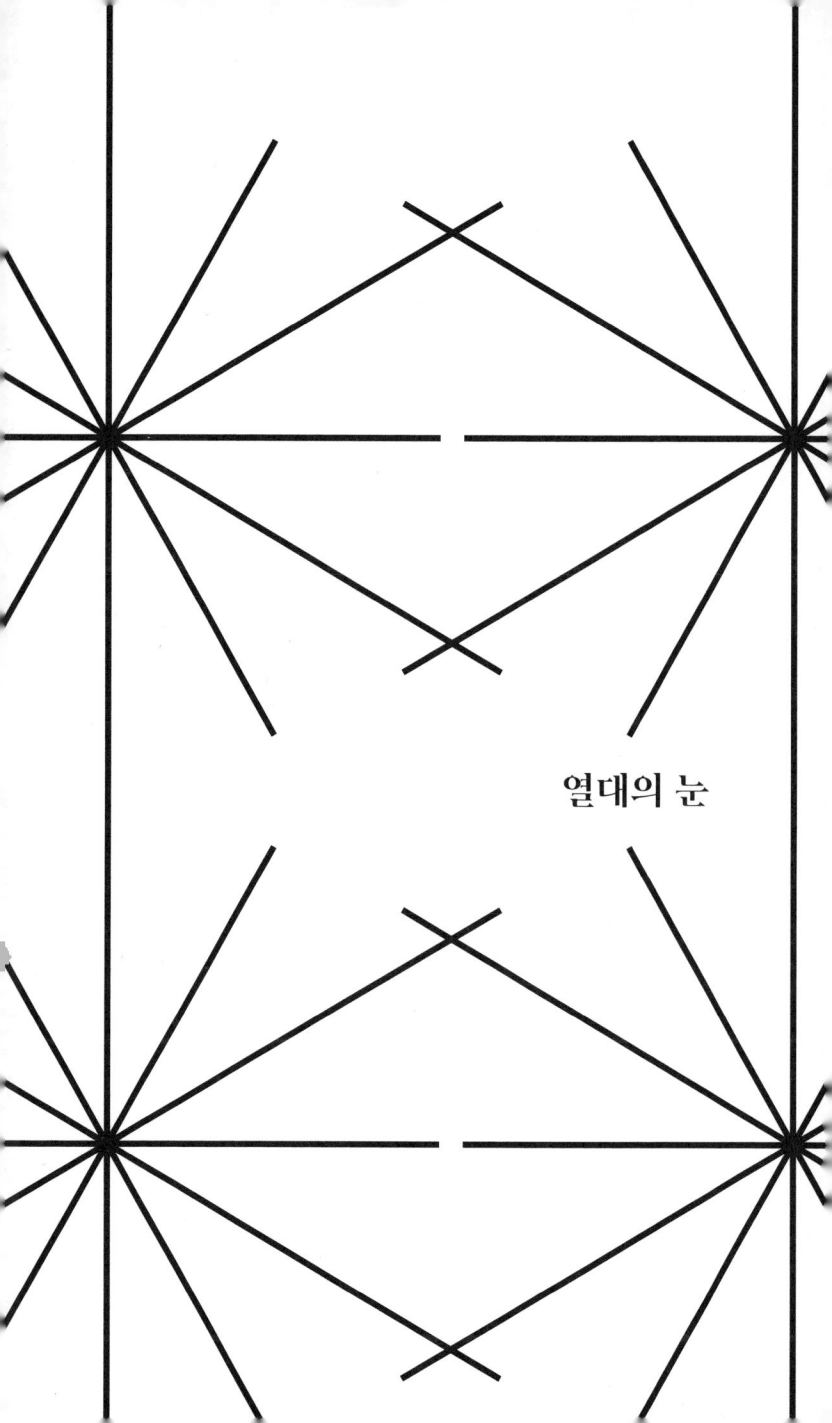

열대의 눈

노크 | 08

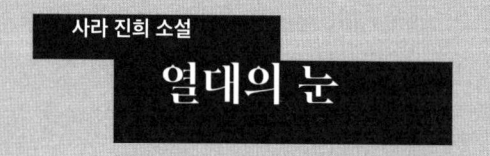

사라 진희 소설

열대의 눈

차례

1

공항이 가까워져 오자 드디어 출국한다는 생각에 은정의 심장이 뛰었다. 동시에 옆에서 운전하는 언니 은영의 모습을 흘긋 보고 아무렇지 않은 듯 다시 창밖을 내다봤다. 항상 자신을 걱정하는 언니의 마음을 잘 알기에 최대한 흥분을 감추려 노력하는 것이었다. 하지만 고등학교 때부터 차근차근 준비해 온 이번 어학연수는 분명 멋진 모험이자 자아 발견의 기회일 거라는 생각은 멈출 수 없었다. 어느새 창밖에서는 먹구름 사이로 햇살이 비치기 시작했다.

두 사람이 탄 차는 제2여객터미널에 도착했고 단기 주차장에 정차했다. 가방을 내리고 끌어서 대한항

공과 가루다항공이 연합 운행하는 노선의 체크인 카운터로 찾아가 짐을 부쳤다. 기내에서 읽으려고 각종 정보를 저장한 아이패드와 소지품을 담은 배낭에 이름표 태그를 달고, 여권과 탑승권을 받고 나니 언니는 한숨을 크게 내쉬었다.

은정은 이제 됐다는 마음에 자신도 모르게 배시시 웃음이 나왔다. 하지만 굳이 생일에 출국하는 동생의 모습을 지켜보는 언니의 심정도 이해가 갔다. 그래서 평소보다 살갑게 언니의 팔짱을 잡아 끼고, 미리 점찍어 둔 5층 전망대 식당으로 찾아갔다.

이른 시간이라 식당은 한가했다. 커다란 창가를 따라 놓인 여러 테이블, 식물과 화분으로 꾸며진, 아담한 오픈 키친이 보이는 곳이었다.

둘은 자리를 잡고 앉아 점심을 주문했다. 일부러 비행 네 시간 전에 도착한 덕에 여유롭게 식사할 수 있었다. 식후 커피와 케이크도 주문했다. 그제야 언니는 아까부터 손에 쥐고 있던 쇼핑백을 은정에게 건넸다.

"생일 축하한다, 동생! 이젠 진짜 어른 다 됐네 은정이, 벌써 스물한 살이라니, 코흘리개였던 게 엊그제 같은데."

은정은 일부러 덤덤하게 축하 인사를 받았다.

"성인식 한 지가 언젠데, 무슨. 어쨌든, 고마워."

빨리 열어 보라고 손짓하는 언니를 못 이기는 척 은정은 포장지를 뜯었다. 반소매 티셔츠가 여러 장 나왔는데, 펼쳐 보니 가슴팍에 'Best Sister'라는 프린팅 글씨가 떡하니 새겨져 있었다.

"이게 뭐야…… 결국 만들었네. 으이그."

깔깔 웃는 언니는 미션을 성공한 듯 만족스러운 표정으로 떠들었다.

"나 그거 똑같은 거 열 장 더 만들어 놨다. 너 입을 때 나도 입으려고. 재밌지? 꼭 입어, 응, 언니 소원이다, 알았지?"

은정은 "아 몰라."라고 삐죽이며 주섬주섬 쇼핑백에 옷을 다시 넣었다.

웃음도 잠시, 또 걱정스러운 모습으로 언니가 중얼거렸다.

"내가 자카르타 떠난 게 2001년이었으니까, 그동안 얼마나 변했을까 모르겠네. 교통은 조금 나아졌으려나?"

은정은 언니의 말에 자신이 한 살배기일 때 돌아

가신 부모님을 상상했다.

언니는 부모님께서 돌아가시기 전, 여덟 살 때부터 6년간 주인도네시아 한국대사관에서 근무하게 되었던 두 분을 따라 현지에서 잠시 살았다.

은정은 그 사실이 부럽고 은근 질투도 했기 때문에 자신도 외국어대 인도네시아어과를 선택했다. 언어를 잘하는 언니처럼 국경을 넘나드는 외사국 근무를 꿈꾸게 된 계기가 되기도 했다. 그 무엇보다, 열네 살 차이가 나는 언니가 어린 나이에 갓난아기의 보호자가 되어야만 했던, 힘겨웠던 과거를 알기 때문에 그동안 얌전히 공부만 하는 모범생으로 살았지만, 성인이 되면 저 넓은 세상으로 나가 보고 싶다는 강렬한 욕구가 있었다. 활달하신 부모님은 현지에서도 활약이 두드러졌다고 들었다. 어쩌면 그런 돌아가신 부모님의 피를 물려받았겠지 싶었다.

은정은 언니를 안심시키기 위해 말했다.

"요즘은 다 앱으로 택시 부르잖아. 현지에서 쓰는 앱 다 다운받아 놨어. 그리고 도착하면 어학원 호스텔에서 픽업 나온다고 했어. 언니도 알다시피, 인도네시아는 다른 동남아 국가보다 한국인도 적고, 물가도 싸고, 영어도 잘 쓰고, 꽤 안전하다고 해서 선택한 거잖아. 인도네시아어과 졸업하고 법대 가기 전에 언어 완성할 거야. 장학금 받은 덕에 돈도 빨리 모았고. 아, 그리고 이제 나도 언니처럼 내 세례명 쓸 거다, 앨리스."

또박또박 준비한 듯 퍼붓는 은정에게 반박할 틈을 못 찾은 듯 언니는 그저 끄덕이며 입맛을 다셨다. 할 말을 다 하고 케이크를 한 입 먹고 커피를 마시는 동생을 가만히 바라보다, 언니는 결국 노파심을 이기지 못하겠는지 입을 열었다.

"그래, 넌 나보다 똑똑하니까 어련히 잘 알아봤을까. 근데…… 그래도, 혼자 가면 위험할 텐데…… 내가 잠깐이라도 휴가 내고 현지로……."

언니의 말이 끝나기도 전에 은정이 창밖을 보며 감탄했다.

"와, 눈 온다!"

저 아래 줄지어 선 비행기들 사이로 펄펄 하얀 눈이 쏟아내려 세상이 온통 새하얘져 있었다. 순간, 할 말을 멈춘 언니도 잠시 밖을 내다봤다. 은정은 언니에게 고개를 돌려 농담 섞인 진심으로 강조했다.

"언니, 크리스틴 씨. 열대에 눈이 오지 않는 이상,

나한테 아무 일도 일어나지 않으니까, 걱정하지 마."

　그 말에 언니가 은정을 돌아보았다. 서로 바라보던 자매는 잠시 조용히 눈을 응시하며 각자 생각에 잠겼다.

2

발리의 호화로운 고급 레스토랑은 한껏 차려입은 외국인들로 붐볐다. 격식에 맞게 디아 또한 희고 탄탄한 어깨와 팔이 드러나는 심플한 럭셔리 드레스를 입었고, 레스토랑 앞쪽에는 현악기 콰르텟이 현악 사중주를 연주하며 우아한 분위기를 한껏 돋웠다. 대부분 관광을 목적으로 온 사람들이겠지만, 디아는 달랐다. 이 식사 자리는 그간의 회사 정리 작업이 마무리되는 자리였다. 디아 앞에 부인과 나란히 앉아서 거드름을 피우고 있는 저 백인 영업부 지사장을 보내고 나면 이사회를 열어 경영자로 선출받아 회사를 손에 넣을 것이다. 디아는 샴페인의 기포를 바라보며 회장이 그 약속의 징표로 얼마 전에 보내온 세계 지도책에 대해 생각했다.

지난 2001년 이래, 회장, 찰스 아래서 일해 오면서 두 번 같은 선물을 받은 셈이었다. 처음 이 책을 받은 게 스물한 살, 회장이 설립한 국제 선박회사의 영업부 지사장의 비서로 취직하게 된 날이었고, 이번이 두 번째였다. 회장은 은퇴를 선언하며 디아와 회사의 새 출발을 위해 적합한 인재만 남겨 두고 과거 회장을 위해 일하던 자들은 전부 퇴출하라 지시했다. 물론 그건 공적으로는 회사의 쇄신을 의미하는 것이었고, 회장과 디아 사이의 의미는 달랐다. 조직의 부하들 정리는 이제 시작이다. 내일 당장 자카르타로 돌아가면 회장이 건넨 명단에 있는 자들을 처리할 것이다. 그러고 나서야, 회장의 은퇴 의사가 진심임을 확인할 수 있을 거라 생각했다.

디너를 마친 뒤, 영업부 지사장은 발리의 저택과 토지 계약서에 서명하고 환하게 미소 지었다. 자리에서 순순히 물러나는 대가로 건넨 물건 중의 하나였다. 이미 수년간 온갖 명품과 골동품을 긁어모아 온 터라 유럽까지 안전한 선박을 제공하는 것만으로도 충분히 거래할 수 있었지만, 부동산을 더 믿는 부인에게는 이 선물이 딱이었다. 그녀가 만족해야 부부는 뒤돌아보지 않고 20여 년간 지내던 이 땅을 떠날 테니까. 레스토랑을 나와 부부와 비주와 악수를 나눈 뒤, 내일 공항에서 보기로 하고 택시에 태워 호텔로 돌려보냈다.

디아는 오랜만에 발리의 밤거리를 혼자 걸었다. 클럽 거리는 여전히 술에 취해 떠드는 사람들과 쿵쾅거리는 음악에 몸을 흔드는 외국인과 현지인들이 어우러진 광란의 모습이었다. 디아는 중국을 떠나기 전 어린 소녀였던 자신의 모습을 떠올렸다.

아버지의 빚을 갚기 위해 대지주에게 열 살 때 하녀로 팔려 지주의 딸 마담 크위를 따라 인도네시아로 건너와 과일 농장에서 살게 되었다. 그러던 어느 날, 마담이 불현듯 노예 계약을 해지해 주었고, 오갈 데 없던 디아는 이곳에서 외국인 남자들을 클럽으로 데려오는 대가로 푼돈을 받으며 하루하루 버텼다. 암담한 미래를 걱정하던 그때, 열여섯 살의 디아 앞에 당시 40대였던 젊고 야심 넘치는 회장이 나타났고, 디아를 풀어준 것은 자신이라는 사실을 알려 주었다. 그 후부터 디아는 회장을 위해 일하게 되었다. 회장은 디아에게 자신에게 한계를 긋지 말고 꿈을 꾸라며 성인이 될 때까지 지원을 아끼지 않았다. 어린 디아는 그를 아버지처럼 섬겼고 그가 하는 모든 일을 도왔다. 하지만 보이지 않는 곳에서 그는 괴물이었다. 권력과 부를 위해 뭐든 하는…….

클럽 음악 소리가 멀어지고 거리 끝에 해변이 펼쳐졌다. 디아는 이어서 생각했다. 그런 회장이 은퇴라니. 적잖이 의심스러우면서, 삶에서 쟁취한 모든 희열을 제대로 누리기도 전에 결국 누구나 늙고 약해지는구나 싶어 혐오감이 들었다. 동시에 디아는 회장의 의도가 진심이라면 어떻게 새 출발을 할지 고민이었다. 시대가 바뀌고 시간이 흐르면 변화가 생긴다는 건 알지만, 이번에는 왠지 혼란스러웠다. 사실 갑작스러운 게, 어쩌면 그간 긴장 속에서 살다 보니 제대로 원하는 미래를 그려 놓지 않아서일지도 모를 일이었다. 그리고 무엇보다, 정말 자신이 원하는 대로 살 수 있는 때가 온 것인지 확실치 않았기 때문이었다. 거센 파도와 바람에 해변에 세워진 발리 깃발이 휘날렸다. 내리쬐는 시퍼런 달빛은 비와 바람에 깎여 나간 돌 신전을 비추었다. 목 근육을 풀고 숙소를 향해 돌아서는데 디아의 조직 업무용 슬라이드폰이 울렸다. 심복 총관리자, 릭이었다. 이 시간에 달갑지는 않았지만, 전화를 받았다.

"무슨 일이야?"

정중하고 차분한 남자의 목소리가 들렸다.

"늦은 시간에 죄송합니다. 내일 회동 장소로 선정한 지역의 관리자가 수상한 자를 발견해서요. 매니저님을 뵙고 싶다고 합니다."

바로 이미지 하나가 전송되었다. 상처투성이 몰골의 남자 얼굴이었다. 잠시 사진을 보던 디아는 옛 기억을 떠올렸다. 그는 바로 디아가 하녀로 일했던 과일 농장에서 자신을 폭행했던 하인 녀석이었다. 디아는 약간의 분노를 느꼈다. 그리고 바로 답했다.

"회의 30분 전에 만나도록 하지. 회동 장소 근처에 자리 만들어 놔. 보안 철저히 하고."

"네, 알겠습니다. 내일 뵙겠습니다."

디아는 전화를 끊고 택시를 잡아서 숙소로 돌아갔다.

다음 날, 발리 공항에서 전 지사장 부부를 배웅해 보내고 난 뒤, 바로 자카르타로 돌아온 디아는 환전소가 줄지어 있는 회동 장소 근처 골목으로 향했다. 도심

속 군데군데 자리한 환락가에는 식당, 술집, 모텔과 클럽이 모여 있었고, 어김없이 환전소가 들어서 있었다. 특히 그중 가장 활발한 구역인 이곳은 디아의 심복 중 한 명이 통제하고 있었다. 그 골목의 맨 끝, 환락가 중심부에서 좀 떨어진 곳에 있는 빈집 앞에 차를 세웠다.

차에서 내려 입구에서 기다리던 릭과 함께 빈집 안으로 들어선 디아는 비닐로 덮인 거실 중앙에 놓인 의자에 손발이 묶여 기다리고 있는 옛 하인 남자를 마주했다. 그는 살았다는 표정으로, 수년 만에 친구라도 만난 듯 디아를 반가워했다. 그 앞 의자에 디아가 앉았다. 옆에 선 지역 관리자가 설명했다.

"제 구역 환전소 금고실 안에 숨어 있었습니다, 저 꼴을 하고. 밖으로 나가면 죽는다고 통사정을 하면서 총괄 매니저님의 이름을 말했습니다, 만나게 해 달라면서요."

디아는 고개를 끄덕이며 알았으니 가 보라 지시했다. 릭만 남고 모두 나가 있으라 하고서 디아는 하인에게 다가서서 물었다.

"나를 만나야 하는 이유가 뭐지?"

그제야 긴 숨을 내쉰 하인이 속삭이듯 설명했다.

"찰스가 날 죽이려고 거리 갱단을 보냈어! 너도 알지, 그 인간 소아성애자인 거? 같은 마을 출신이라 내가 그놈에 대해 알려 줬잖아!"

디아는 이자의 말이 사실이라면, 지금까지 잘 처박아 둔 녀석을 왜 이제 와서 처리하려는 건지 의아했다. 동시에, 찰스를 처음 봤던 옛 기억이 떠올랐다.

섬 하나를 차지한 커다란 과일 농장 옆에 지어진 마담 크위의 저택 안에는 엘리트 유학파 출신인 마담의 취향에 따라 커다란 서재가 있었다. 청소를 마치고 나면 어린 디아는 구석에 앉아 아무 책이나 집어서 읽으며 고통스러운 자신의 처지를 잠시나마 잊을 수 있었다. 마담은 다행히도 그런 어린 디아의 모습을 나쁘게 보지 않았고 서재를 깔끔하게 관리하라는 주의와 함께 책을 보도록 허용했다. 그날도 지친 몸을 끌고 선반을 둘러보고 있었는데 어떤 젊은 남자가 서재에 들어섰다. 어린 디아는 흠칫 놀라 책을 떨어뜨렸고 남자는 피식 웃으며 디아에게 책을 집어 돌려주었다. 처음 받아 보는 친절함에 가슴이 뛰었던 어린 디아는 그를 훑어보며 조용히 책을 받아 책장 뒤로 숨었다. 그는 어린 디아에게 편하게 책 읽으라며 서재에 놓았던 서류 가방을 들고 나갔다. 그 후 마담의 어머니가 그 젊은 남자와 재혼한다는 소식을 하인들을 통해 들었는데 지금 잡혀 온 저 하인은 자신이 같은 마을 출신이라며 가난한 엘리트 집안의 자식이었던 그 젊은 남자, 찰스에 대한 험담을 늘어놓았다.

하인이 계속 떠들었다.

"그때, 농장에서 나를 살려 주는 대신 그 더러운 짓을 관리하게 했어. 슬럼 애들을 데려다 한 짓을 감추려고 날 죽이려 한 게 분명해. 나 좀 숨겨 줘. 갱단 애들 물러가면 바로 도시를 떠날게!"

디아는 뭔가 내막이 있다고 생각했다. 손을 잡는 척해 보면 알 테니 선뜻 제안했다.

"그래, 숨겨 주지. 그럼 넌 뭘 해 줄 건데?"

그러자 기다렸다는 듯 하인 남자가 씩 웃었다.

"나도 네 목숨을 살려 줄게."

가당치도 않은 답이 거슬린 디아는 등을 펴고 꼿꼿이 섰다. 릭에게 눈짓하자 성큼 걸어와 하인의 손가락을 비틀었다. 우두둑 뼈가 어긋나는 소리와 함께 하인이 비명을 질렀다. 디아가 멈추라 손짓했다. 그리고 물었다.

"거 고마운 소리네. 근데, 내가 왜 죽게 될까? 똑바로 설명 안 하면 네가 먼저 죽게 될 거야."

통증에 헉헉대던 하인이 고개를 힘껏 끄덕였다. 이제야 자신의 처지를 자각한 모양이다.

"말할게, 말해 줄게. 네 회장, 찰스는 아이들에게 자신을 각하라고 부르게 했어. 그 인간은 기업가로 만족할 양반이 아니야. 예전부터 준비해 온 거야, 이제 시간이 된 거고. 깨끗이 뒷정리를 해야 선거 때 탈이 없을 테니까, 혹시라도 꼬리 잡힐까 봐 모두 없애는 거지. 분명 너도 없애려 할 거야. 너야말로 그의 모든 걸 알고 있는 오른팔이니까. 내 말 못 믿겠으면 내 양아들에게 물어봐. 그 아이의 등판에 새겨진 글을 보면 확실할 테니."

후, 하고 한숨을 크게 내쉰 디아는 이제야 앞뒤가 맞는다는 느낌에 오히려 안심이 되었다. 그래도 확실히 해야 한다는 생각에 디아는 릭에게 눈짓으로 지시했다, 그 아이를 확인해 보라고. 릭은 고개를 끄덕이고 바로 걸어 나갔다. 디아는 하인을 돌아보며 미소로 인사했다.

"내게 빚을 갚을 기회를 줘서 고마워. 그럼."

뭐야, 하는 혼란 가득한 표정의 하인을 뒤로하고 디아는 거실을 나왔다. 그러고 나서는 방 앞에 대기하던 또 다른 심복에게 갱단에게 발견되도록 과다출혈로 죽은 것으로 위장해 내다 버리라 지시했다. 표정에는 드러나지 않았지만, 창틈으로 날아 들어와 방 안을 휘젓고 다니던 하루살이를 잡은 것 같은, 그런 개운한 느낌이었다. 어쩌면 이제부터가 진짜 시작이라는 생각도 들었다. 디아는 한쪽 어깨에 묻은 먼지 한 톨을 쓱쓱 털고 차에 올라타 빈집을 떠났다. 그 직후, 거실 비닐은 피로 물들었다.

빈민촌 어귀에서 대여섯 명의 아이들이 땅에 길쭉한 네모 모양의 줄을 긋고, 둘로 팀을 나눈 뒤, 서로의 영역을 침투하거나 잡아내는 놀이를 하며 이리저리 뛰어다니고 있었다. 땀을 뻘뻘 흘리며 놀던 아이들이 게임 한판이 끝나자 마을 사람들이 직접 땅을 파 만든 우물로 물을 마시러 달려왔다. 한 명이 우물 펌프 손잡이를 잡아 힘껏 위아래로 누르고 다른 한 명이 펌프 주둥이 앞에 손을 가져다 댔다. 곧이어 아이의 손 위로 벌건 물이 흘러나왔다. 의아해진 아이는 우물 옆으로 걸어가 둘러보다 뒤쪽에 웅크려 누워 있는 어떤 남성

을 발견했다. 뒤따라온 다른 한 아이가 남성을 나무 막
대기로 찔러 봤지만 아무 반응이 없었다. 아이들은 겁
도 없이 몸을 밀어 뒤집었고, 벌레가 기어 다니는 핏기
없는 죽은 남자, 디아가 내다 버리라 했던 그 하인의 얼
굴이 드러났다. 아이들은 멋진 것이라도 찾은 듯 빈민
촌과 거리 친구들에게 시신을 발견했다며 떠들고 다녔
고, 근처에 있던 갱단 남자가 확인하러 걸어왔다. 머지
않아 아이들이 하인의 시체를 발견했다는 소식이 갱
단 두목에게 전해졌다.

3

눈 내리는 한국을 떠나 온 은정은 야자수 사이로 쏟아져 들어오는 따스한 햇빛을 받으며 기분 좋게 잠에서 깨는 일상에 적응하기까지 얼마 걸리지 않았다. 최대한 공부하는 데 시간을 쓰기로 작정한 터라 자카르타 도심에서 주로 시간을 보냈는데, 딱 한 번 세계 7대 불가사의 중 하나이자 유네스코 유산인 보로부두르 불교 사원만 다녀왔다. 꽤 다양하고 빈번한 현지 공휴일을 이용해 어학원 동기들이 짧고 저렴한 친목 도모 여행을 주선했기 때문이었고, 나머지 수천 개에 달하는 섬과 희귀 동식물을 구경할 기회는 나중으로 미뤘다. 언어 연습을 핑계로 현지인에게 자발적으로 말을 건네다 보니 여러 사람과 친해졌는데, 특히 공항으로 픽업 나왔던 호스텔 매니저, 동네 어귀에 있는 오젝-오토바이 셰어링 정거장에서 자주 이용하는 운전 기사, 어학원 데스크에서 일하는 또래의 젊은이 에리카와 친해졌다. 그 외에도 자주 식사하는 백화점 몰 안 현지식 중국 식당 웨이터, 주말마다 커피를 마시며 공부하는 카페의 주인, 같은 수업을 듣는 다양한 국가에서 온 학생들도 알게 되었다. 항상 미소로 인사를 건네는 현지인과 스스럼없이 시간을 내어주는 사람들 덕에 여유와 온기를 한껏 느낄 수 있었다. 주로 인도네시아어를 사용해 현지인과 소통하고 다른 이들과는 영어를 썼다. 대부분 영어가 유창한 덕에 실생활 영어 실력이 훌쩍 늘었다. 인도네시아어로 현지인과 말할 때는 사전을 찾아보거나 어쩔 수 없을 때는 통역 앱을 쓰기도 했지만, 서서히 자연스러운 대화가 되어 갔다. 언어를 완성하고 싶다는 욕심에, 어학원 과정이 끝나자 추가로 현지 대학교의 외국인을 위한 인도네시아어 3개월 과정에도 등록했다. 그리고 한국에서 걱정할 언니를 생각해 주말에 짧게라도 안부 전화를 걸었다.

이날도 오전에는 지층에 있는 호스텔 데스크로

내려가 매니저에게 일주일 숙박비를 정산하고, 다시 계단을 올라 방으로 돌아와 정리를 한 뒤, 발코니 문을 열고 나가 작은 대나무 의자에 앉았다. 바로 아래 땅에서 자라 2층까지 뻗은 야자수의 흐느적거리는 기다란 잎을 마주한 채 휴대 전화기의 통화버튼을 눌렀다. 신호가 가고 언니 은영이 곧바로 받았다.

"어, 은정아! 잘 지내니? 건강해? 밥은? 야, 거기 지진 났다던데, 그쪽은 괜찮아? 혹시 모르니까 뉴스 잘 보고 다녀야 해 너, 공부한다고 정신 팔려서 위험한 데 다니지 말고!"

한참 할 말을 참고 있었던 건지, 답할 틈도 주지 않고 언니가 퍼부었다. 은정은 으악 하는 표정으로 귀에서 전화기를 살짝 떼고 있다가 언니가 말을 멈추자 답했다.

"어이구 숨 좀 쉬고 말하세요, 채 경감님. 난 안전하게 잘 지내고 있어 언니, 걱정 말라니까. 언니는, 새 일은 재밌어? 인터폴계에서 날아다니시던 분이 국제협력과에서 조용히 잘 지내시나요?"

피식 웃는 소리가 전화기 너머로 들렸다. 언니는 가소롭다는 듯 대꾸했다.

"어쭈, 이게 외국 물 좀 먹었다 이거지? 네가 국제 일을 알아? 웃길래? 너나 잘해. 현지 대학교 과정은 할 만해? 웬만큼 했으면 그냥 오지, 기집애."

은정은 만족스러운 웃음을 깔깔 터뜨렸다. 이젠 마음먹은 대로 다 할 수 있다는 자신감에서 나오는 반응이었다.

"아니, 아니. 여기까지 왔으면 다 해 봐야지. 8월 중순에 귀국할지, 방학까지 보내고 갈지 결정해서 알려 줄게. 아직 나 여기 구경도 제대로 못 했어, 공부만 하느라."

큰 한숨을 내쉬고 언니가 답했다.

"그래, 마음대로 해라, 마음대로. 이젠 언니 말 안 듣는다 이거지? 이래서 자식 키워 봐야 소용없다는 소리 하는 거구먼. 에휴!"

괜히 조금 미안해진 은정이 언니를 다독였다.

"언니는, 무슨, 애 엄마야? 결혼도 안 하신 분이. 혹시 인도네시아 과일 말린 거 좋아하면 내가 왕창 사서 갈게. 여기 열대과일 짱이야. 아, 사향고양이 루왁 커피도 있다! 뭐 필요한 거 있어?"

언니가 잠시 생각하는지 말을 멎은 틈에 문자가

28

하나 왔다.

전에 다녔던 어학원 데스크 친구 에리카였다. 혹시 시간 되면 만나 줄 수 있느냐는 문자였다. 무슨 일이지 싶었다. 한동안 얼굴을 못 보기는 했는데, 그래서인가 보다 추측했다. 은정은 언니와의 통화를 마무리하기로 했다.

"언니, 나 친구 연락이 와서, 이만 끊을게. 언니도 밥 잘 챙겨 먹고, 잘 지내세요."

"친구 누구?"

"어, 에리카라고, 어학원 친구야. 아, 또 연락할게, 끊어요!"

"아, 응, 그래, 더위 조심하고, 무슨 일 있으면 연락해. 들어가."

은정은 잠깐 문자를 다시 읽으며 생각해 본 뒤, 오후에 만날 수 있다고 에리카에게 답장했다.

그날 저녁 은정은 에리카가 정한 야외 카페 바를 찾아갔다. 집을 개조한 건물 안으로 들어서니 뒷마당이 나왔고, 아담한 정원 같은 곳이었다. 손님은 두 팀 정도, 한적한 곳이었다. 은정은 에리카와 반갑게 인사를 나누고 달빛이 내리는 자리에 마주 앉아 음료를 주문했다. 그런데 에리카는 왠지 긴장한 표정으로 아이스티 한 잔을 금세 비웠다. 무언가 심상치 않은 분위기를 느끼며 은정이 물었다.

"목말랐나 보네. 하나 더 시켜 줄까, 에리카?"

그러자 에리카가 미소 지으며 고개를 저었다. 입술을 깨물더니 겨우 입을 뗐다.

"앨리스, 나, 사실은 말이야, 휴우……."

에리카는 몇 마디 하지도 못 하고 벌써 눈물이 고였다. 은정은 사뭇 놀라 에리카를 다독였다.

"왜 그래? 무슨 일이야? 울지 말고, 자……."

은정은 냅킨을 몇 개 집어서 에리카에게 건넸다. 에리카는 눈물을 멈추려 숨을 크게 쉬고 냅킨으로 눈가를 닦고 코도 풀었다. 은정은 걱정이 되어 조용히 기다리며 에리카의 손을 잡아 주었다. 에리카가 드디어 사실을 털어놓았다.

"나, 한국인 남자를 만났거든. 사귄 지 얼마 안 됐는데, 솔직히 내가 좋아해서 하자는 대로 다 했던 것 같아. 근데 얼마 전에 우리 잠자리를 나 몰래 녹화했더라고. 너무 창피해서 지워 달라고 했는데 말을 안 들어. 지워 주겠다며 자꾸 이것저것 요구를 해. 벌써 석

달째 월급의 반을 그에게 빌려줬어. 아마도 노는 데 쓰는 것 같은데, 어디다 쓰는지는 모르겠고, 돌려받지 못해도 그만이야. 그것보다는 그가 영상을 인터넷에 퍼뜨려서 내 부모님께서 보게 되면, 가족을 모욕했다고 나를 버리실지도 몰라. 그럼 난 고향에 돌아갈 수도 없게 될 거야. 나 어떻게 해야 할지 모르겠어."

에리카는 괴로움에 양 손바닥으로 얼굴을 감쌌다. 은정은 마시고 있던 맥주가 더 씁쓸했다.

힌두교인이라 술도 안 마시는 에리카가 왜 자신을 바에서 만나자고 했는지 이해가 갔다.

이곳에는 자신이 아는 지인이 없을 것으로 생각했고 부모에게도 말 못 하는 사정을 너무 답답한 나머지 곧 떠날 친구에게 털어놓고 싶었던 것이다. 그 남자가 한국인이라는 점 때문인지 책임도 느꼈다. 은정은 왠지 답을 알 것 같았지만 그래도 한번 물었다.

"경찰에 신고하는 건?"

에리카가 고개를 저었다.

"여기 경찰은 이런 건 범죄 취급도 안 해. 그보다, 혹시라도 섣불리 여기저기 말했다가 얘기가 퍼지면, 우려하는 일이 더 빨리 일어날지도 몰라. K를 자극하기 싫어…… 무서워……."

　무섭다는 친구의 말에 은정은 중학교 때 겪었던 일이 떠올랐다.

　부모가 없다는 이유로 같은 반 친구들은 은정을 왕따시켰고, 생일은커녕 가족과 함께 보내야 할 공휴일은 왠지 자신을 놀리는 것 같은 느낌이었다. 그런 은정의 마음을 아는지 언니는 일부러 은정과 친한 초등학교 친구를 불러 함께 생일 파티를 열어 주고 공휴일에는 야외 활동을 함께했다. 그러던 어느 날, 강어귀에서 어망으로 물고기잡이 체험을 하다가 자신을 따돌렸던 중학교 동창생이 강물에 빠진 것을 발견했다. 은정은 어디서 그런 용기가 나왔는지, 어느새 물에 뛰어들어 반 친구의 목덜미를 잡아 끌어내려 발버둥 쳤는데, 구해 주러 온 자신을 짓누르는 친구 때문에 함께 익사할 뻔했다. 다행히도 수영을 잘하는 언니와 그 모습을 보고 달려온 식당 주인아저씨가 함께 두 아이를 건져 내었다. 겁도 없이 물에 들어간 은정은 한동안 물이 두려워졌지만, 그 덕에 반 친구들과 친해질 수 있었다.

　은정은 친구로서 더는 가만히 있을 수 없었다. 그래서 에리카에게 약속을 해 버렸다.

"내가 도와줄게. 우리 언니가 경찰이라 어깨너머로 배운 게 있어. 음, 우선 증거를 모아야겠다. 그, K에 대해 자세히 알려 줄 수 있어?"

에리카는 눈물을 훔치고 은정을 쳐다봤다.

은정은 언니 은영이 가끔 들려준 수사법을 떠올리며 시선을 가리기 위해 어두운 선글라스와 모자, 주머니가 많은 조끼를 구해 소형 디지털카메라, 호신용 스프레이, 그리고 제대로 써 본 적도 없는 스위스 군용 칼까지 챙겼다. 지리를 익히고 실수를 줄이기 위해 에리카가 알려 준 K의 일상 스케줄에 따라 숙소, 어학원, 백화점 몰, 그가 자주 간다는 모텔촌을 미리 찾아가 봤고 그의 활동 범주를 상상하며 며칠간 이미지 트레이닝을 했다.

그리고, 그가 가장 활발하게 논다는 금요일 오후에 본격적인 미행을 시작했다. 에리카 말대로 그는 어학원 수업을 마치고 건물을 나와서 곧바로 저가 제품들이 몰려 있는 몰로 향하여 그 옆에 붙은 텐트로 된 파사르 시장 안으로 들어갔다.

온갖 해적판 영상과 중고 전자 제품, 먼지에 뒤덮인 옷감과 신발 및 액세서리들이 보였다. 아마 이런 곳에서 몰래카메라로 쓸 장비를 구매해 에리카의 방에 숨겼을까 싶었다. 시장이 끝나 가는 지점에는 작은 상과 걸상이 놓인 매점들이 있었는데 잠깐 주인과 노닥거리더니 K는 걸상에 앉아 담배를 피웠다. 곧이어 현지인 무리가 나타났다. 10대에서 많아야 20대 중반으로 보이는 젊은 남자들이었는데, 학생으로 보이지는 않았다. 조심스레 구경하는 척하며 지켜보다 시장 뒤 주차장으로 따라갔다. 한두 명은 이미 오토바이에 올라타 얇은 종이에 담뱃잎을 싸서 끝에 혀로 침을 묻히며 말고 있었다. 어딘가로 이동할 모양새였다. 은정은 바로 주변에 정차해 있던 택시에 올라타 잠시 친구를 기다린다고 거짓말한 뒤 무리를 주시했다. 곧이어 K를 태운 오토바이가 출발했다. 저 사람이 친구인데 따라가 달라고 기사에게 부탁하자 두어 번 오토바이 번호를 확인하더니 출발했다. 수상함을 감지한 기사는 저 사람이 남자 친구냐고 물었고 은정은 일부러 한숨을 크게 쉬고 그렇다고 말했다. 그 후부터 기사는 대강 뭔지 알았다는 듯 열심히 오토바이를 쫓아가 주었다.

도착한 곳은 은정이 한 번도 가 본 적 없는 슬럼, 빈민가였다. 작은 강줄기를 따라 흙과 먼지로 뒤덮인 판잣집들이 들어서 있었고, 여기저기 떨어질 것 같은 안테나와 전깃줄이 엉켜 있었다. 저 뒤로 자카르타 고층 건물들이 보이는, 도심에서 약간 떨어진 외곽에 있는 곳이었다. 은정은 최대한 오토바이 무리 가까이에 택시를 세운 뒤, 잠시 기다려 달라며 기사에게 현금을 쥐여 주었다. 은정은 창문을 살짝 내리고 카메라를 꺼내 들었다. 오토바이에서 내린 K가 빈민가 끝 지점에서 젊은 청년을 만나 돈을 건네고 뭔가를 받아 드는 것을 보자마자 사진을 찍었다. 정확히 보이지는 않았지만 아무래도 합법적이지는 않을 물질이라 생각했다. 그는 무리에게 물건을 골고루 나눠 주었다. 다들 당연하다는 듯 물건을 받아 챙긴 다음 잠시 서로 목적지를 확인하는지 중얼거리다가 다시 오토바이에 올라탔다. 은정은 다시 택시를 출발시켰다.

이번에는 모텔이 듬성듬성 들어선 구역 안으로 오토바이들이 우르르 이동했다. 색색의 페인트가 군데군데 벗겨진 외관에 비뚤어진 간판에서는 전구가 빛나고 있는 모텔 앞에 주차한 남자들은 바로 들어가지 않고 누군가 기다리는 듯했다. 은정은 택시에서 내려 일부러 반대 방향으로 걸어가 전봇대 뒤에 숨어서 이들을 사진 찍고 다시 관찰했다.

무리 앞으로 여성이 지나갈 때마다 휘파람을 불기도 하고 곁으로 걸어가 말을 걸기도 했는데, 다소 무례한 행동을 보였다. 30여 분이 지나자 오토바이 한 대가 와 섰는데 뒷좌석에서 예쁘장한 여성이 내렸다. 운전자와 남자들이 뭔가 흥정을 했고 두 남자가 여성을 데리고 모텔 안으로 들어갔다. 은정도 모자를 눌러쓰고 모텔 입구로 향했다.

모텔 데스크에 있던 남자가 휴대 전화기를 들고 잠시 자리를 떠나자 은정은 재빨리 안으로 들어갔다. 선글라스를 벗어 주머니에 넣고 주변을 둘러보다 복도를 걸어가는 무리의 한 명을 발견했다. 은정은 그 뒤를 따라 문이 열렸다 닫힌 어느 방 앞에 도착했다. 문과 복도 사진을 찍고 문에 귀를 대고 듣다가, 안 되겠다 싶어 주변을 둘러보다 복도 끝의 뒤로 나가는 문을 찾았다.

뒷문을 나가 보니 다행히 지층에 있는 방이라 벽이 있었고 창문이 보였다. 버려진 쓰레기 중에 등받이가 부서진 의자가 하나 보여서 들고 와 올라섰고, 드디어 방 안이 보였다. K는 현지인 남자와 이야기를 나누더니 방문을 열고 나갔다. 여성은 보이지 않았다. 방문이 열린 상태로 현지인 남자가 담배를 피우다 창문을 열려고 벽 쪽으로 다가왔다. 화들짝 놀라 은정은 의자에서 내려왔고, 다시 뒷문을 통해 방이 보이는 복도에 들어섰다.

은정이 방 근처 복도 어귀에서 눈에 띄지 않게 상체를 돌린 채 남자들의 동태를 살피며 어찌할지 머뭇거리는데, K가 저 앞 데스크 쪽에서 현지인 남자를 불렀다. 현지인 남자가 방을 나오자, 이때다 싶어 은정은 방 안으로 들어가 옷장을 열고 들어가 숨었다. 현지인 남성과 노닥거리며 돌아온 K는 이따 보자며 현금을 건넸고 씩 웃은 현지인 남성은 여성을 불렀다. 여성이 화장실 문을 열고 나오자 K는 현지인 남성에게 손을 흔들며 방문을 닫고 잠갔다. 은정은 그렇게 두려움과 흥분이 뒤섞인 긴장 상태로 숨죽인 채 이들의 모든 행위를 촬영했다.

한 시간 정도 후, 모텔 방문이 열렸고 K와 현지인 여성이 어깨동무를 하고 나와 데스크 쪽으로 걸어갔다. 그 직후 은정이 조심스레 고개를 내밀고 그들이 간 쪽을 내다봤고, 모텔 입구를 나가는 두 사람의 뒷모습

또한 카메라로 몰래 촬영했다.

그리고 모텔을 들어올 때 데스크 앞을 몰래 지나
왔기에 들키지 않도록 바로 전에 발견했던 뒷문 쪽으
로 나가기로 했다.

문을 나와 조용히 복도를 확인하고 데스크 반대
방향으로 살금살금 걸어가며 두리번거렸다.

그 모습을 천장 코너에 놓인 감시 카메라 렌즈가
마치 사람 눈처럼 까맣게 반짝이며 내려다보았다.

4

대형 선박 모형이 놓인 대회의실 안에 직원들이
하나둘씩 들어와 회의 시작을 기다리며 긴 테이블 앞
에 둘러앉았다. 최근 영업부 이사로 지명된 디아는 새
코너 사무실에서 첫 전체 회의에 들어가기 위해 자리
에서 일어났는데, 심복 총관리자 릭이 보낸 문자가 도
착했다. 사진 속 어느 청년의 등에 칼로 그어 새긴 글자
가 보였다.

'I President Charles, who owns the youth,
gains the future.(나 찰스 각하는 젊은이를 소유함으로써
미래를 가진다.)'

만족스러운 표정이 디아의 얼굴을 스쳤다. 이제야

진짜 그 사람답다고 생각했다.

우선 찰스 회장이 건넨 명단에 있는 그의 부하들에게 은밀히 접촉해서 더 알아낼 것은 알아내고 자신에게 충성을 맹세하게 만들든, 없애든 할 생각이었다. 뜻밖의 정보를 준 옛 하인 녀석 덕분에 그 작업은 지난 회동에서 벌써 시작되었다.

물론 회장이 눈치채지 못하게 지시한 대로 다 처리한 척할 것이다. 또한, 회장의 일거수일투족을 자신에게 보고할 인재를 새로 선별해 포섭해야 한다. 그리고 가장 중요한 정보, 자신이 회장의 계획 어디쯤 포함되어 있는지를 알아내야 했다. 디아는 벌써 최악의 경우를 계산하고 있었다. 회사까지 버릴 작정이라면, 분명 회장은 자신을 살려 둘 이유가 없을 것이다. 그렇다면…….

그때 개인 비서 메그가 노크를 하고 들어왔다. 부회장은 내일 도착할 예정이고, 조사 내용을 정리한 이메일을 보냈으며, 회의실에 모두 모여 있다고 보고했다. 선거 쪽 인맥과 대선 자금 마련은 어떻게 해 왔는지 조사하도록 지시했는데, 벌써 확인된 자료가 있다는 것은 회장의 계획이 이미 꽤 진행되었다는 뜻이다. 회장의 아들인 부회장도 명단에 있었기에 예상했던 일정이다. 알았다며 디아는 일어나 회의실로 향했다.

　다들 떨떠름한 표정으로 있길래 디아는 바로 회의를 시작하라 메그에게 지시했고, 프로젝터가 켜지고 한 명씩 앞으로 나와 분기말 성적 발표를 했다. 그 후 예상 판매율 발표도 이어졌다. 국제 선박 운영을 중점으로 하는 기업이지만 각종 지역 농수산 생산품 무역과 관광업에 이르기까지 다양한 사업이 운영되고 있었다. 게다가 지하경제까지 보탠 엄청난 수익은 회장, 중국 및 여러 국가에 있는 그 직계 가족, 그리고 그와 수년간 연대해 온 다양한 인사들의 주머니로 교묘하게 옮겨졌으며 앞으로도 쭉 나라를 통째로 먹을 심산이었다. 어쩌면, 이 나라에 머무는 것은 더는 현명한 선택이 아닐 수 있겠다는 생각도 들었다.

　그때, 늦게 들어온 직원 한 명이 부산스럽게 사과하다 의자 바퀴에 발이 걸려 넘어지면서, 테이블 위에 놓인 전선을 잡아당겨 연결되어 있던 노트북이나 스마트폰이 흩뿌려지며 바닥에 와르르 떨어졌다. "으아, 죄송합니다. 제 잘못이에요!"를 남발하는 직원을 물끄러미 보던 디아의 머릿속에 순간적으로 그림이 그려졌다.

그 하인의 말대로 찰스는 젊을 적이나 지금이나 명예를 중요시했다. 그가 살았던 마을에서는 가난한 집안의 자식이지만 공부 잘하고 똑똑한 그가 장차 나라를 이끌 거라 칭찬하는 편이었다고 했다. 반면에 하인은 그가 질투심에 눈이 멀어 부잣집에 시집간 자신의 첫사랑을 나락으로 끌어내렸다고 비방했다. 하지만 아무도 하인의 말은 믿지 않았다.

하지만 만약, 그의 말이 사실이었고 반박 불가한 생생한 증거가 있었다면? 그때와 다르게 영향력과 권력이 더해진 찰스는 하인 한 명으로 무너질 자가 아니었다. 그러니 방법은 하나, 모든 것을 건 폭로전이었다.

혼란스러운 회의실에서 디아는 자신도 모르게 웅얼거렸다. 그래. 나도 무너져야 그를 무너뜨릴 수 있어……라고.

회사 업무를 일찍 마무리한 디아는 그날 오후 당장 조직 전체 회의를 소집하고 이동했다. 주요 안건은 두 가지였다. 회장의 부하들과 접촉한 결과 알아낸 것들과 제거 대상 확인, 그리고 내부자인 자신을 대신해 이 모든 걸 터뜨려 무너뜨릴 조건을 갖춘 인재를 찾아볼 생각이었다. 후자가 변수도 많고 대상도 찾기 어려운 과제였다. 과연 이 일을 믿고 맡길 만한 자가 있을까 고민하며 도시 외곽의 또 다른 모텔 구역의 인적이 드문 건물에 도착했다. 폐점한 상점들의 흔적만 남은 상업 건물이었다. 기다리고 있던 릭을 따라 지하층 비밀 통로를 지나 회의가 준비된 지하로 내려갔다.

건물 지하층 전체를 관통하는 거대한 방 안에는 디아가 통제하는 모든 구역 안의 가게, 회사, 선착장, 해안, 빌라, 모텔, 농장, 공장, 심지어 특정 식당 안에 설치된 보안 카메라 피드까지, 겹겹이 쌓인 수많은 모니터에 보였다. 보안을 통과한 영상 관리 담당자들은 원격으로 그날 하루 녹화 영상을 되감아 살펴보고 특이사항이 없다면, 거래와 수익 내용과 관련된 자료만 영구 보관하고 나머지는 삭제하는 시스템이었다. 회의에 참여한 디아의 직속 심복 다섯이 나란히 줄지어 정렬된 의자에 앉아 있었다. 그들 앞 의자에 디아가 앉았고 그 옆에 릭이 와 섰다. 그리고 이번에는 메그도 따라 들어왔고 반대편에 섰다. 처음이자 마지막이 될지도 모르는 특이한 상황이었다. 지금까지 회사 운영에 관여하는 자들과 조직 업무에 종사하는 이들은 서로 볼 이유가 없었고 그렇게 운영하지도 않았다. 메그를 처음 본 디아의 심복들은 의아해했다. 뭔가 지난 회의와 다르다는 것을 감지한 표정이었다. 디아도 이들의 눈빛을 읽고 차분하게 입을 열었다.

"지금까지는 회장님 수하만 간부가 되었지요, 하지만 오늘부터 여러분이 이 조직의 간부입니다."

심복들은 뭐가 뭔지 서로 웅성였다. 디아가 자리에서 일어섰다. 다시 모두가 그녀에게 집중하며 조용해졌다.

"회장님의 사람들은 모두 정리될 것입니다. 물론 충성을 맹세하는 자들에게는 기회를 드릴 생각입니다. 여러분 모두가 거친 시험을 통해서 말이죠. 우선 여러분이 알아낸 새로운 사실들을 좀 들어 볼까요?"

거의 모두가 고개를 저었다. 특별히 알아낸 사실이 없다는 뜻이었다. 그런데 가장자리에 있던 젊은 심복 한 명이 일어나 녹음기를 들어 보였다. 디아가 고개를 끄덕이자 심복은 파일을 재생했다. 어떤 남자의 떨리는 말소리가 들렸다.

"찰스가 명단에 넣지 않은 사람이 있어. 가장 마지막에 없애려는 거지. 검찰에 넘기면 아마 죽을 거야. 어떻게 아느냐고? 내가 그 범죄 내용을 만들어 바쳐야 했거든. 이거면 나 살려 주는 거야? 찰스는 내 가족도 죽일 거야. 도와줘 제발!"

디아는 심복을 옆으로 불러 조용히 물었다.

"명단에 없는 자가 바로 나인가? 맞으면 고개만 끄덕이게."

그러자 심복은 조금 머뭇거리며 고개를 끄덕였다. 디아는 그의 어깨를 다독였다. 그리고 릭에게 나중에 이 제보자에게 시험의 기회를 줄 테니 숨겨 주라 지시했다. 디아는 앞으로 와서 말을 이어 갔다.

"메그는 내가 가장 믿는 기업 관리자로서 조직의 모든 기록을 모을 테니 협조 바랍니다. 지시에 따르고 입단속을 철저히 한다면 여러분 모두 무사할 겁니다. 물론 간부로서 은퇴금을 받고 사라져도 됩니다. 여러분의 선택에 맡기겠습니다. 다만, 끝까지 저와 함께하겠다면, 저는 분명 새로운 미래를 여러분께 선사하겠습니다."

심복들은 서로 돌아보며 각자 생각을 했다. 디아 또한 이들을 살펴보며 가늠해 보았다. 각각 쓸모 있는 자들이지만 이미 자신과 비슷한 처지였다. 이곳에 없다면 과연 어디서 인재를 찾아야 할까 고민하는데, 어느 모텔 녹화 영상 피드 속, 복도 구석에 웅크리고 서서 어딘가를 지켜보는 수상한 몸체가 눈에 들어왔다. 그 모습이 의아했던 디아는 모니터 쪽으로 다가가 영상을 가만히 지켜보았다. 그건 어떤 젊은 여자였다. 어느 방문이 열리자 여자는 쏜살같이 달려 문 안으로 들어가 버렸다. 디아는 피식 웃음이 나왔다. 릭이 옆으로 와서 영상 출처를 확인하고 설명했다. 오늘 오후에 녹화된 영상이고 한국인 유학생과 백패커들이 자주 드나드는 구역이라고. 디아는 영상을 뒤로 돌려 보라 지시했다. 한 시간쯤 후, 문이 열리자 한국인 남자로 보이는 자와 현지인 여성이 나왔고, 그 직후 아까 숨어든 여성이 나왔다. 뭔가 촬영하는 듯했고, 걸어 나가는 동안에 두리번거리는 여성의 얼굴이 카메라에 잡혔다. 디아는 모니터 컨트롤 패널의 일시정지 버튼을 눌렀다. 흑백 화면 속에서도 여성의 눈빛은 생기 있고 확고했다. 그 모습에 디아는 자신만 알고 있는 찰스의 상처를 떠올렸다.

찰스의 지원으로 경영학 공부를 마치고 선박회사에 입사하기 전, 디아는 충성을 맹세하는 의례를 통과해야 했다. 졸업식 바로 다음 날 눈을 뜬 곳은 당시 사귀고 있던 남자 친구의 집이었고, 그는 이미 기절한 상태로 변기 위에 묶여 있었다. 화장실 거울에는 회장의 지시가 쓰여 있었다. 자신의 최측근, 심장과 가장 가까운 사람을 직접 처단해서 충성을 맹세하라는 내용이었다. 부하의 손과 정신을 통제하는 극단적이고 효과적인 수단이었다. 이때부터는 오갈 데 없던 자신을 키워 준 사람에 대한 은혜보다 회장을 향한 두려움에 움직이기 시작했을 것이다. 동시에 디아는 가족의 버림을 받아 본 적이 있기에 힘 있는 자의 아군이 되기를 선택했다. 자신을 보호하는 것이 그 무엇보다 중요한 일이기 때문이었다. 남자 친구를 자살로 위장해 처리한 후 회장과 마주한 디아에게 그는 자신의 옛 애인에 대해 넋두리를 했다. 갓 스물 된 새하얀 피부의 조선계 미인이었던 그녀는 여리면서도 완고했다고. 하지만 가난했던 자신을 버리고 기세등등한 지주 집안 남자에게 시집갔고, 끝내 자신의 말을 듣지 않아 죽게 되었다고 했다. 디아는 그의 눈빛에서 애인을 죽인 것은 바로 찰스 자신이었다는 걸 알 수 있었다. 아련하면서도 희열이 느껴졌던 그의 표정을 기억했다.

디아는 화면 앞으로 바짝 다가서 카메라를 쳐다

보는 앳된 얼굴의 여성을 자세히 들여다봤다. 뜻밖의
장소에서 아킬레우스를 찾았다는 예감이 들자 숨통이
트이듯, 간만에 편안한 마음이 들었다. 그리고 곧 회의
를 마무리했다.

5

눈을 뜬 것 같은데 아무것도 보이지 않았다. 은정은 온몸이 쑤시고 머리도 띵한 게, 잠은 잤는데 흠씬 두들겨 맞은 느낌이었다. 그래서 움직이지 않은 채 최근 기억을 떠올리며 인상을 찌푸렸다.

난생처음 과감하게 미행을 했고, 무사히 잘 마치고 난 뒤 숙소로 돌아와, 이틀에 걸쳐 증거 자료를 정리해서 에리카의 클라우드에 암호를 걸어 올렸다. 그리고 바로 에리카에게 전화를 걸어 알아낸 사실과 암호를 전달했다. 그런데 에리카는 은정의 숙소로 가는 중이라며 곧 도착한다고 했다. 그리고 몇 분 후, 노크 소리가 들렸고 눈구멍으로 내다보니 진짜 에리카가 와 있었기에 문을 열어 주었다. 에리카가 방 안으로 들어서고 문을 닫으려는데 누군가 문을 잡았다. 돌아서는 순간, 둔기 같은 것으로 머리를 맞았고, 바닥으로 쓰러진 것 같았다. 나머지 기억은 자다 깨다를 반복했는지 뒤죽박죽이었다.

손을 흔들어 보니 무거운 수갑이 느껴졌고 함께 연결된 쇠사슬이 움직이는 게 느껴졌다. 그런데 다리는 자유로웠다. 다리를 휘저어 보니 옆 벽에 닿았다. 벽으로 몸을 움직여 등을 밀어 올려 기대어 앉았다. 뭐가 뭔지 모르는 상황에서 공황 상태에 빠지지 않도록 일부러 숨을 크게 내쉬었다. 여러 번 반복해서 심호흡을 하고 나니 조금 괜찮아졌다. 하지만 뭔가 삭는 냄새, 썩은 오물, 녹슨 철, 먼지, 흙냄새로 추정되는 냄새를 맡을 수 있었다. 여긴 어쩌면 감옥인 것 같았다. 아무 인기척도 느껴지지 않는 것으로 보아 은정은 자신이 혼자 있다고 판단했다. 왜 나를 여기 가두어 놓았을까? 에리카의 한국인 남자 친구 K와 그 패거리의 짓일까? 그래, 그게 가장 가능성이 높다. 이 자식들이 날 어떻게 하려고? 질문이 꼬리에 꼬리를 물었다.

그때, 어디선가 희미한 불빛이 저 바닥 아래로 스

며 들어왔다. 밖에서 비치는 불빛이 다가오고 있었다. 은정은 바짝 긴장했다. 공격해야 한다면 다리를 쓰는 방법이 있다는 것을 자신에게 상기시켰다. 철컹, 탕, 소리가 이어지더니 앞에서 문이 열렸다. 손전등이 은정 쪽을 비췄다. 순간 밝은 빛에 은정은 눈을 질끈 감았고 불빛은 방 전체를 한 번 휩쓸었다. 누군가 들어오는 발소리가 들렸다. 은정의 심장이 요동쳤다. 갑자기 몸이 무거워지는 것 같고 이명이 들리는 것 같았다. 문득 여자의 살결 냄새 같은 향이 났다. 눈을 다시 뜨니 천장에 달린 전구가 켜 있었고, 앞에 서 있는 이미지가 희미하게 보이다 초점이 맞춰졌다. 그것은 실크 블라우스와 바지 차림의 아시안 여성이었다. 그 뒤에는 열쇠 꾸러미와 은색 상자를 든 덩치 큰 남자가 버티고 서 있었다. 남자는 반대쪽 벽 앞에 놓인 작은 상 위에 은색 상자를 내려놓았다. 은정을 가만히 바라보던 여자가 입을 열었는데, 은정은 숨을 잠깐 멈출 정도로 놀랐다. 여자가 한국어를 했기 때문이었다.

"친구 잘못 만나서 고생하네."

은정은 더욱 혼란스러워졌다. 하지만 침착하려 애쓰며 여자의 목소리에 집중했다. 친구라면, 추측한 대로 K를 말하는 건가? 여자는 몸을 숙여 은정의 얼굴을 자세히 들여다보았다.

"한국인은 흔치 않아서 와 봤는데, 나쁘지 않군."

한국인이라는 말에 은정은 자신도 모르게 여자를 직시했다. 이런 상황에서도 약간 다행이다 싶었던 것은, 자신이 한국인이라는 사실을 알고 있다면 뭔가 가망이 있는 건가 하는 기대 때문이었다. 여자도 은정이 말을 알아들은 것을 눈치채고 미소 지었다. 그러나 안도하기도 잠시, 뒤에 서 있던 남자는 은색 스틸 상자를 열어 안에서 투명 액체가 든 작은 병을 꺼내 들었다. 그리고 주사기도 집어 들었는데, 바늘을 보자마자 은정은 자신도 모르게 흠칫하여 몸을 웅크려 뒤로 물러나 앉았다. 그러자 여자는 남자를 돌아보며 현지어로 뭐라 지시했고, 남자는 주사기를 내려놓았다. 여자는 천천히 다가와 은정의 어깨에 손을 얹고 제안했다.

"보니까 내 동생뻘 같다. 내가 중요한 일이 있는데, 잘 도와주면 풀어 줄게. 어때?"

은정은 주사기보다는 여자의 제안을 받아들이는 것이 나으리라 생각했다. 그게 무슨 일이든, 잘만 하면 도망칠 기회를 만들 수도 있을 거라 계산했기 때문이었다. 그게 안 되어도, 어떻게 해서든 밖에 자신이 살아 있다는 것을 알릴 기회, 언니에게 흔적을 던질 유일한 방법일 수도 있다고 순식간에 판단했다. 더 따질 겨를이 없었다. 은정은 억지로 고개를 끄덕이며 "네, 그럴게요." 하고 답했다. 여성도 고개를 끄덕이며 은정의 머리를 쓰다듬고 나서 일어났고, 돌아서서 남자에게 뭔가 지시를 내렸다. 그러고 나서는 방을 나가며 은정에게 손을 흔들었다. 남자는 밖의 누군가에게 소리쳤고 또 다른 열쇠를 든 삐쩍 마른 남자가 방으로 들어왔다. 열쇠를 든 남자는 은정의 손에 채운 수갑에 연결된 사슬 끝에 다른 자물쇠에 열쇠를 꽂아 열었다. 손은 풀어지지 않았지만 느슨해진 양손이 등 뒤에서 위아래로 움직였다. 남자는 풀린 사슬 끝을 잡고 은정을 일으켜 세웠는데 다리가 풀려 휘청거리자 혀를 차며 은정의 팔을 잡아 주었다. 이에 자신도 모르게 은정은 고맙다고 영어로 말했다. 우습게도 남자 또한 "오케이."라고 답했다. 은정은 최대한 다리에 힘을 주며 남자를 따라 방을 나갔다.

바로 앞은 비좁은 복도였고 여러 개의 닫힌 방문이 보였다. 끝에 다다르자 계단이 있었다. 계단을 오르니 그제야 햇살이 느껴졌다. 빛에 적응하려 두 눈을 감았다가 뜨기를 반복하며 지층에 올라서자, 바닥에는 더러워진 카펫 수십 장이 어지럽게 깔렸는데, 걸을 때마다 모래가 밟혔다. 바다 짠내가 바람을 타고 코로 들어왔다. 여긴 해변 근처구나, 은정은 생각했다. 눈을 가리지도 않고 이렇게 끌고 가는 걸 보니 주변에 아무도 없는 곳이라 추측했다. 가만히 보니 올라온 계단 쪽과 지금 걸어가는 바닥은 다르다는 것도 알았다. 그렇다면 지하 방을 따로 만든 곳이라는 거다. 아무도 모르는 감옥인 셈이다.

남자는 잔디가 보이는 마당 쪽으로 은정을 데리고 나갔다. 드디어 건물 구조가 보였다. 하얀 벽에 주황 기와지붕을 얹은, 직사각형의 수영장을 둘러싼 기다란 저택이었다. 외부에서 보면 그냥 열대 리조트나 고급 주택으로 여길 만한 곳이었다. 저택을 둘러싼 낮은 벽을 따라 걸어가니 쪽문이 나왔다.

그 밖을 나가니 열대 밀림이었다. 어디선가 연료 타는 냄새가 날아왔다. 아마도 밀림 저편은 배나 운송 수단이 기다리고 있을 터였다. 남자는 밀림을 가로질러 다닌 길이 있는 쪽으로 은정을 끌었다. 다양한 열대 식물 가지가 은정의 다리와 팔을 이리저리 긁고 쳤다. "앗 따거!" 자신도 모르게 비명이 나왔는데 남자가 멈칫했다. 바로 그때, 무언가 은정의 눈에 들어왔고, 비행기에서 심심풀이로 공부 삼아 봤던 영상이 떠올랐다.

헤드폰을 끼고 좌석의 모니터를 켜서 기내 엔터테인먼트 채널을 둘러보던 중, 열대 식물 다큐멘터리를 찾았다. 잠을 청하기 좋을 것 같아서 재생 버튼을 누르고 아무렇게나 뒤로 감다가 트는 중에 내레이션이 들렸다.

"현지에서는 세계에서 가장 독성이 강한 식물을 쉽게 찾아볼 수 있는데요, 이 식물들의 씨앗, 꽃, 열매, 수액을 뽑아 환각제로 쓰거나 화살촉에 묻혀 사냥에 활용하기도 했다고 합니다. 이 중에는 청산가리의 6,000배를 훌쩍 넘는 독성을 가진 식물도 있어, 적정량을 넘은 양을 복용하게 되면 두통, 발진, 불에 타는 듯한 염증, 오한과 열병, 발작, 그리고 끝내는 죽음에 이르게 된다고 합니다……."

바로 그, 미니 두리안같이 생긴 열매가 은정의 팔옆에 주렁주렁 열려 있었다. 남자가 은정을 다시 당기자, 일부러 발에 힘을 빼면서 뭐에 걸린 듯, "어어!" 하

면서 은정은 옆으로 쓰러졌다. 넘어지면서 뒷짐 진 손
으로 열매를 움켜쥐고 바닥으로 엉덩방아를 찧었다.
아픈 척 징징거리자, 남자가 고개를 젓더니, 이제 다 왔
다고 어서 가자며 다독였다. 은정도 알겠다는 표정으
로 끄덕이고 일어서려 버둥대자 남자는 부축을 해 줬
다. 그 틈을 이용해 재빨리 손에 쥔 열매를 바지 허리
춤 속으로 집어넣었다. 그리고 다시 배가 정박해 있는
해변을 향해 걷기 시작했다, 열매의 작은 돌기가 허리
피부를 긁는 걸 느끼면서……

배로 두 시간 정도 걸려 이름 없는 부두에 내렸
고, 정장 차림의 보디가드로 보이는 남자들에게 넘겨
져, 창이 없는 밴에 옮겨 타고 출발했다. 어딘가에 도착
하자, 내리기 전에 보디가드가 은정의 눈을 가렸다. 문
이 열리고 따라 내려 몇 분을 걸으니 건물 안으로 들어
온 것 같았다. 드디어 안대를 풀어 주니 은정은 두 명
의 여성 사이에 앉아 있었다. 작은 대기실 같은 방이었
는데, 휴지와 세제 용품이 한쪽에 정리되어 있었다. 아
마 상업 건물의 청소 비품실이나 관리실 쪽인 것 같았
다. 그런데 젊은 여성들은 손이 묶여 있지 않았다. 아
마 은정 자신만 감시 대상이고 이 여자들은 이미 이쪽

일을 하는 사람들일까 생각했다. 그러다 한 여성이 손을 들어 머리를 만지는데, 순간 작은 피멍 자국이 눈에 들어왔다. 저건, 주삿바늘 자국이다 싶었다. 그때, 문이 열리고 섬에서 은정을 보러 왔던 아시안 여성이 들어섰다. 처음 봤을 때보다 훨씬 더 재질이 좋은 검은색 세미 원피스를 입고 있었다. 다시 보니 확실히 미인이었다. 은정 옆의 여성들에게 여자가 고갯짓하자 두 여성이 인사를 하고는 일어서서 밖에 있는 보디가드를 따라 나갔다. 은정과 여자만 방에 남았다. 여자가 핸드백에서 작은 약을 꺼내 보여 주었다.

"해독제야. 앞으로 24시간 후에 줄게. 뭐 아프거나 그런 건 없을 거야. 함부로 행동하지 말고, 저 여자들처럼 따라 하면 돼. 그러면 아무 일 없을 거야."

순간 흠칫해서 은정은 언제 뭘 먹었는지 되짚어 봤다. 아, 배! 멀미약이라며 주었던 그게 독약이었던 것이다. 이럴 수가! 감쪽같이 속았다…… 동시에 뭘 해야 할지도 명확해졌다. 들키지 않고 열매를 숨겨 가야 한다. 나만 죽을 수야 없지, 은정은 생각했다. 여자가 핸드백에 약을 다시 넣고 일어서며 미소 지었다.

"이렇게 보니 몸매도 가늘고 얼굴도 예쁘네. 내

가 골라 온 옷 잘 맞겠다. 그럼 잘 준비하고, 조금 이따
봐."

여자가 나가며 보디가드에게 데려가라 손짓했다.
보디가드가 은정을 일으키는데, 여자가 돌아보며 뭐라
지시를 하고 문을 나갔다. 그러자 보디가드가 은정의
양손에 채워져 있던 수갑을 풀어 주었고, 같이 엘리베
이터에 올라탔다.

3층에 내려서 복도를 걸어갔다. 이건 무대 뒤 같
았다. 좁은 통로에 공연 소품들이 있었고, 방을 들어
가니 아까 그 여자들이 옷을 입고 화장을 하고 있었
다. 보디가드가 여자들에게 뭐라고 말하자 한 명이 고
개를 끄덕였다. 보디가드가 나갔다. 여자는 은정에게
옷걸이 하나를 집어 건네주며 구석에 커튼이 달린 탈
의실을 보여 주었다. 다소 화려한 원피스, 샌들, 그리고
목걸이가 걸려 있었다. 은정이 탈의실 안에 들어서자
커튼을 쳐 주었다. 그러더니 자기들끼리 소곤거리며 웃
었다. 탈의실 안에는 물티슈가 보였다. 우선 은정은 허
리춤에 들어 있는 열매를 잘 꺼내서 물티슈에 감싼 뒤
다시 브래지어 사이에 끼워 눌러 넣었다. 어떻게서든
여기서 빠져나가야 한다는 생각이 절실했다. 한 번도

입어 보지 못한 화려한 칵테일드레스는 맞춘 듯 완벽하게 몸에 맞았다.

30분쯤 지났을까, 보디가드가 문을 두드렸고 은정은 그를 따라나섰다. 여자 둘, 은정, 아시안 여성과 보디가드는 함께 VIP 전용 엘리베이터에 올라탔다. 은정은 아시안 여성이 핸드백을 들고 있지 않아서 살짝 실망했다.

꼭대기 층, 프레지덴셜 스위트에 내려서 복도를 걸어가니 문이 보였고, 안에 들어서자 음악이 흐르고 화려한 파티가 준비되어 있었다. 보디가드는 은정과 여자들을 소파에 나란히 전시하듯 앉혔다. 그때, 밖에서 웅성거리는 소리가 났다. 아시안 여성이 돌아서서 마침 도착하는 남자들을 맞이했다. 한 명은 40대로 보이는 동서양이 섞인 혼혈 같았고, 또 한 명은 한국인 남성처럼 보였다. 그도 40대쯤으로 보였는데 혼혈 남성과 아는 사이로 보였다. 아시안 여성과 비주를 하고 선물도 주고받는 등, 무슨 특별한 날을 기념하는 듯했다. 곧이어 아시안 여성이 이쪽을 가리키며 뭐라 설명했는데 은정을 가리키며 한국인 남성에게 귓속말을 했다. 순간, 은정은 손에 땀이 차기 시작했다. 마치 사자 우리

속에 던져진 양이 된 것 같은, 무기력한 공포감이었다. 인사를 마친 아시안 여성이 방을 나가며 문을 닫았다.

보디가드 두 명이 방 안에 남았다. 남자들이 소파 쪽으로 다가와 인사를 건네며 손을 내밀자, 여자들이 미소로 자기소개를 하며 일어섰다. 이때다 싶었다. 은정은 엘리베이터를 같이 탔던 보디가드에게 조심스레 다가가 배가 아픈 척 화장실을 가도 되는지 물었다. 그는 다른 보디가드를 쓱 보더니 눈빛을 교환했다. 다른 한 명이 고개를 끄덕였다. 은정은 고맙다며 재빨리 화장실로 들어갔다.

화장실 안에서 문을 잠그고 브래지어 속에서 열매를 꺼내 주변을 둘러봤다. 기다란 세면대에 생수병 두 개가 나란히 놓여 있는 게 보였다. 생수병을 하나 따서 물을 반쯤 마셔 버렸다. 그러고는, 비누 받침대에 열매를 올려놓고 생수병 뚜껑 쪽으로 짓눌러 즙을 짜서, 조심조심 약간 비운 생수병에 부어 담았다. 최대한 짜서 담고 난 뒤, 다른 생수병을 열어 물을 조금 넣고 뚜껑을 닫아 섞었다. 손을 닦고 볼일을 본 뒤 즙이 담긴 생수병을 들고 마시는 척하며 나왔다.

은정은 보디가드를 보고 씩 웃어 주며 건너편 거

실에 모인 사람들 곁으로 갔다. 딱 봐도 고가인 와인이 몇 병이나 비워져 가는 중이었고, 여자 한 명은 남자와 춤을 추고, 한 명은 남자와 수다를 떨고 있었다. 그 사이에서 나름 어울리는 척 소파에 앉아서 아무도 안 보는 틈을 타 여러 술병, 얼음 버킷, 그리고 술잔에도 생수를 조금씩 부어 넣고 휘저었다. 그런 다음 시치미를 떼고 속으로 다짐했다. 앞으로 무슨 일이 생겨도 절대 아무것도 입에 넣지 말자. 언니를 생각해서라도, 여기서 반드시 살아 나가야 한다. 죽지 말자!

6

염치없이, 심란한 일이 생길 때마다 은영은 성당
으로 향했다. 이날은 더더욱. 은영은 자신보다 어른다
운 누군가의 어깨가 필요한 것이었다. 벽돌담으로 둘러
싸인 아담한 성당 부지에는 숙소와 식당이 있는 낮은
지붕의 집 두 채가 연결되어 있었다. 신부님께서는 오
전 미사를 마무리하시고, 홀로 기도를 더 하신 뒤, 저
쪽에서 걸어 나오실 거라 예상하고, 은영은 홀로 텅 빈
성당 안 벤치에 앉아 기다렸다. 아무리 생각해도 어이
가 없었다. 현지에서 동생 은정이 사라졌다는 사실을
거의 10일이 지나서야 알게 되었기 때문이었다. 동생이
호스텔 숙박비를 미지급한 것도 이상했고, 아무리 다

끝나는 중이라지만 은정이가 대학교 수업을 빠질 리가 없었다. 대학교 외국인 학생 관리자가 현지 경찰에 실종신고를 했고 조사를 시작했다지만 은영도 가만히 있을 수 없었다. 그래서 외사국장을 찾아가 현지 수사를 직접 할 수 있게 국제 형사 공조 허가를 부탁했지만 반응은 냉담했다. 실종 사건 하나로 외무부 법무부가 다 인가해야 하는 일을 허락할 리 만무하다는 걸 잘 알고 있었다. 그래도 저녁까지 기다려 보리라 생각했다. 허락 없이 움직이면 분명 대가를 치러야 한다는 것도 짐작하고 있었다. 다만, 응원이 필요했다.

그때, 성당 예배단 뒤쪽 문이 열리고 신부님이 걸어 나오셨다. 은영 혼자 멍하니 앉아 있는 모습을 발견하시더니 환한 미소를 지으며 걸어와 물으셨다.

"아직 식사 못 했지? 가자, 내가 은영이 좋아하는 볶음밥 해 줄게."

신부님은 은영의 어깨를 다독이고 식당 쪽으로 앞장섰다. 벌써 다 알고 계신 거였다. 내 속이 어떤지 상상이 되실까? 은영은 자리에서 일어서며 힘겨웠던 가족사를 떠올렸다.

대사관 근무를 마치고 귀국한 지 얼마 되지 않아

아버지는 관광버스 사고로, 어머니는 수면제 과복용으로 연이어 돌아가셨고, 열다섯 살의 은영은 졸지에 한 살배기 갓난아기였던 동생의 보호자가 되었다. 그런 소녀에게 신부님은 거의 모든 것을 가르쳐 주셨다. 그리고 어머니 장례식을 마치고 밥도 못 먹고 있던 어린 은영에게 요리를 만들어 주셨다.

신부님은 부엌 조리대 앞에 서서 10분 만에 뚝딱 볶음밥 두 그릇을 만드셨다. 두 사람은 아무도 없는 성당 식당 안, 식탁에 마주 앉아 조용히 식사했다. 진한 간장 맛이 달콤했던 걸까, 어릴 적 그곳에서 자주 먹었던 그 맛과 비슷해서 그랬을까, 고향의 맛 같았다. 아직도 그 맛 그대로였다. 수저를 열심히 놀리는 은영의 모습을 보던 신부님이 옛이야기를 꺼내셨다.

"너 태어나자마자 네 생모가 네 부모님께 너를 건네면서 뭐라고 하셨는지 아니? '저는 죽었다고 생각해 주세요. 이제 두 분이 이 아이의 부모로 태어난 거라 여기시고 정말, 잘 부탁합니다.'라고."

은영은 목에 밥알이 걸려서 억지로 침을 삼켜 꿀꺽 넘겼다. 갑자기 무슨 말씀이실까? 신부님이 말씀을 이어 가셨다.

"내가 그 말 듣고 너무 가슴이 아팠는데, 네 아버지가 '그 마음 이해합니다. 하지만 언제든 아기가 보고 싶으시면 생일 때 성당으로 오세요. 멀리서나마 같이 아이의 탄생을 축하해 주시면 저희도 기쁠 것 같습니다.' 하셨지…… 정말 대단한 분들이야."

은영은 자신이 입양되었다는 사실을 처음 알았던 것은 바로 일곱 살 생일 때였다. 그전에도 매번 생일의 시작은 성당에 와서 미사에 참여하는 것이었다. 연간 행사처럼 세례를 받아서 그런가 보다 했는데, 진짜 이유를 그제야 알았고, 아마 성당 어딘가에서 생모는 딸이 커 가는 모습을 보고 가셨을지도 모르겠다. 그때부터 생일에 성당에 오면 구석구석 훑어봤다. 하지만 아련한 시선을 보내는 사람은 없었다. 그래서인지, 입양된 사실이 그렇게 슬프지도 억울하지도 않았다. 오히려 부모님께 고맙다는 생각이 일찍 들었다.

신부님이 덧붙이셨다.

"피 한 방울 안 섞인 생명체를 책임지고 평생을 키우고 돌보겠다는 약속은 아무나 하는 게 아니지."

물을 한 모금 마신 신부님은 자리에서 일어나 다 드신 그릇을 들고 가 설거지통에 넣고, 주전자에 물을 담아 스위치를 켰다. 문득 신부님이 무슨 이유로 부모님 얘기를 꺼내셨는지 알 것 같았다. 바로 그게 은영의 심정이었다. 동생은 자신이 키운 거나 마찬가지다. 부모님께서 그렇게 하셨듯, 자신에게는 그 애를 평생 지켜야 할 의무가 있는 것이다. 누가 뭐래도, 혈통이 달라도, 가족이니까.

은영도 식사를 마치자 물을 한 모금 마시고 그릇을 들고 가 싱크대에 내려놓고 설거지를 하려고 고무장갑을 꼈다. 그때, 국장실에서 문자가 날아왔다. '15일 특별 휴가 허가했다. 국제 형사 공조는 불가. 몸조심하길, 채 경감.' 은영은 두 눈을 질끈 감고 싱크대를 주먹으로 내리쳤다. 동시에 신부님이 들으셨을까 부끄러웠다. 분노를 숨으로 고르고 설거지를 시작했다. 하마터면 그릇을 놓쳐 깨뜨릴 뻔하면서. 등 뒤에서 커피 향이 솔솔 날아와 코로 들이쉬니 기분은 조금 나아졌다. 신부님은 조용히 커피를 들고 식당 앞 정원으로 나가셨다.

몇 분 후 은영도 정원으로 나가 신부님 옆 벤치에 앉았다. 저무는 여름 오후의 따뜻하고 시원한 바람이 불었다. 이미 표정에서 상황을 다 읽으신 신부님이 한

번도 듣지 못한 얘기를 해 주셨다.

"내가 젊었을 때 그쪽에서 선교 활동을 했거든. 그래서 그 지역 교구에 아는 사람들이 있어요. 언제든 현지에서 도움이 필요하면 꼭 연락해, 알았지?"

은영은 고개를 끄덕이며 이미 결단이 선 마음으로 커피를 들이켰다. 그리고 대답했다.

"네, 신부님. 다녀오겠습니다."

차분했던 신부님도 걱정스러운 눈빛으로 은영의 옆모습을 보시더니 긴 숨을 내쉬셨다. 그리고 두 눈을 감고 속으로 기도를 하셨다. 은영은 커피잔을 내려놓고 신부님께 꾸벅 인사를 드리고 나서 서둘러 성당을 나섰다.

은영은 바로 수사에 필요한 각종 물건과 약간의 옷짐을 싸서 공항으로 향했고, 가는 길에 경찰 대학교 동기이자 절친인 시경에게 전화했다.

"은정이 이메일, 연락처, 사진, 스케줄 달력 등, 기기와 연동되는 클라우드와 소셜미디어까지 전부 해킹해 줘. 비용이든 뭐든 내가 다 책임질게."

시경은 어이없다는 목소리로 답했다.

"야, 너 진짜…… 은영아, 그건 할 수 있는데, 좀

기다려 보고 움직여도 되지 않을까? 섣불리 행동하지 말고."

은영은 확고하게 답했다.

"내 하나뿐인 가족 일이야. 가서 다시 연락할게. 부탁해. 끊는다."

친구의 만류를 뿌리치고 공항에 도착한 은영은 싱가포르를 거치는 자카르타행 저녁 항공권을 끊어 탑승했다.

몇 시간 후 새벽, 경유지 싱가포르에서 내려 동남 아시아 전 지역에서 통신이 가능한 유심칩을 구매해 개통했다. 그리고 대기 구역 안 유일하게 문을 연 텅 빈 카페에 앉아서 사건과 연루된 모든 사람의 인적 사항을 노트에 정리하고 휴대전화기에 저장했다. 다른 일도 아닌 동생의 사건을 준비하다니. 기가 막히는 심정을 억지로 가다듬고 은정과 마지막 통화한 날부터 일주일 정도의 행방에 대해 추리하면서, 우선 주인도 네시아 대한민국 대사관의 경찰 주재관을 만나 수사 협조를 부탁하자 생각했다.

다음 날 오전, 수카르노하타 공항에 도착하자마자 택시를 잡아타고 대사관으로 향했다. 현지 한인 사회 전체의 사건사고를 겨우 한 명의 경찰 주재원 영사가 담당하고 있다는 사실에 한숨이 절로 나왔다. 강렬한 열대 태양을 반사하는 흙먼지가 날리는 고속도로를 달려가니 이곳에 대한 추억이 떠올랐다.

부모님은 은영을 입양하고 얼마 안 되어 운 좋게도 그토록 원하던 대사관 취업에 성공했다. 외국어대에서 만나 연애한 두 분은 항상 외국에서 일해 보고 싶다는 로망이 있었고 워낙 모험을 좋아하던 터라 남들은 고사하는 동남아의 이곳에 기꺼이 이주했다. 1995년도만 하더라도 자카르타에 거주하는 한국인은 그렇게 많지 않았으며 한인 사회는 더더욱 좁았다. 아무래도 대사관 일을 하면서 현지 사회를 알고 지내는 것이 필요했으므로 두 분은 바로 교회 및 사교 모임에 참석했고, 은영을 국제 학교가 아니라 현지 초등학교에 보냈다. 학비도 무료에 거리도 가까워서였는데 겨우 여덟 살인 아이의 학업이 급할 것도 아니니 현지 문화에 적응하는 최고의 방법으로 생각했던 것 같다. 이에 부응하듯, 어린 은영은 무서운 속도로 학교에 적응해 영어와 인도네시아어를 습득하고 다양한 언어, 문화, 종교를 가진 친구들과 사귀면서 오히려 그게 자연스럽다고 느꼈다. 반면에 자신과 다르다며 현지인을 무시하는 한인들의 언행을 볼 때마다 도리어 반감이 생겼다. 하지만 나라를 대표하는 대사관 직원으로서 한인의 편에 서서 일을 처리하는 부모님을 보면서 자신의 근원을 완전히 무시할 수도 없겠다는 깨달음을 일찍 얻었다. 그래서였을까, 아이러니한 세상에서 크게 보고 서로 이해하는 것이 얼마나 중요한 일인지도 알아갔다.

　자카르타 도심 남쪽에 위치한 주인도네시아 한국대사관에 도착해 간단한 신원 확인 후, 영사를 만나기 위해 두어 시간을 회의실에서 기다렸다. 연락을 받고 외근에서 돌아온 영사를 만날 수 있었지만, 이미 알고 있는 사실 말고는 새로운 정보가 없었다. 호스텔 방은 이미 청소가 되어서 원래 있던 소지품 말고 별다른 흔적이 없었고, 어학원과 대학교 사람들을 조사했으나 특이사항이 없다고 들었다. 숙소 감시 카메라도 녹화 안 한 지 벌써 1년째, 주변은 주택가라 개인 방범용 카메라는 숙소 쪽을 보고 있지 않기 때문에 잡힌 것도 없었다고 했다. 호스텔 주변 주택가는 범죄율도 거의 없는 도심 외곽에서 가장 안전한 동네라며 별 도움이 안 되는 말만 늘어놓았다. 대학 측에서 동생 연락이 있었느냐며 은영에게 전화를 해 온 것은 지난 8월 9일 화요일, 호스텔 측에서 마지막으로 은정을 봤다는 것은 대략 8월 5일 금요일이라 했다. 주말마다 약속한 대로 간단하게라도 안부 인사를 했던 애가 지난 주말에는 조용했다. 여름방학을 보내고 올지 그냥 올지, 귀국 날짜를 정해서 알려 주기로 했지만, 소식이 없길래, 친구들과 놀러 갔나 싶었다. 영사의 말에 따르면 어학원 원장은 한국 관광청 명예 홍보대사일 정도로 믿을 만한 사람이라고 했다. 특이사항은 휴대전화기, 컴퓨터와 여권이 없다는 건데, 숙소와 주변, 어학원과 대학교를 수색했지만, 아무것도 없다고 했다. 여권번호 조회 결과도 기존 입출국기록 말고는 더 쓰인 곳도 없단다. 또한, 이렇다 할 증거 없이 강력 사건으로 보기 어려워서, 영장 없이 현지 통신기록은 접근하기 어렵다고 했다. 영사는 쭈뼛거리다가 배낭을 은영에게 건넸다, 확인이 끝나서 가져가도 된다며, 나머지 짐은 호스텔에 보관되어 있다고 덧붙였다. 은영은 잠시 우두커니 가방 손잡이에 달린 '은정—앨리스' 이름표 태그를 내려다봤다. 만감이 교차했다. 사람이 없는 가방이라니……

은영은 대사관 건물 옆 주차장 한쪽에서 동생의 배낭 안을 뒤져 봤다. 겉옷, 지갑, 컴퓨터 마우스, 어학원 책자, 영수증, 펜, 간식, 고체 향수, 화장품 등, 젊은 여성의 흔한 소지품이었다. 휴우, 한숨이 나왔다. 어디를 가야 할지 혼란스러워 천천히 일어섰는데, 누군가 은영의 어깨를 건드렸다.

"저기 혹시, 크리스틴 아니에요? 그, 한국인 꼬마 학생?"

"어, 아, 아저씨!"

놀랍게도 은영의 중학생 모습을 기억한 현지인 대사관 경비 아저씨였다. 이야기를 들어 보니 지금은 중년이 되어 경비가 아닌 고객 서비스 부서에서 일한다고 했다. 은영은 자신의 사정을 오랜만에 인니어로 설명했다. 하나밖에 없는 동생이 사라졌고, 찾으러 왔노라고. 그러자 이야기 중에 그는 유독 어학원 원장의 이름을 반복해 물었다. 뭔가 아는 모양이었다. 확인 후 알려 주겠다며 퇴근 시간 후 밖에서 만나자고 했다. 은영은 알겠다며 대사관을 나왔고 근처에 숙소를 잡았다.

그날 늦은 오후에 다시 만난 옛 경비는 어학원 원장이 조잡한 사업가라고 했다. 아마 명예 홍보대사직도 금품으로 얻어낸 것이라 관계자에게 들었다고 했다. 은영은 고맙다 인사하고 바로 어학원으로 달려갔다. 어학원 원장의 차는 수상스러울 만큼 고가의 스포츠 카였고, 직접 대면해 보니 경비의 말이 맞았다. 경찰 배지를 들이밀며 캐물었더니 그는 찔끔하더니 잘못을 불었다. 원장은 학생들의 여권 팔이로 돈을 버는 저질 인간이었다. 그가 팔아넘긴 유학생들의 여권 구매처를 찾아가 봤지만 은정의 얼굴은 본 적 없다고 잡아뗐다. 영사에게 불법 업체에 대해 알렸고 그의 신고를 접수한 경찰이 출동해 현장을 수색했지만, 동생의 여권은 없었으며 경찰대학교 동기 시경 또한 은정의 데이터 해킹을 통해서도 나온 게 없다고 전해 왔다. 은영이 경찰대학교를 들어가고 난 뒤부터 자매는 소셜미디어에 자신에 대해 게시물을 올리는 것을 조심했기 때문에 흔적이 없는 게 어쩌면 당연했다. 영사는 은영이 혼자 수사를 한 것을 알자, 잘못하면 공무집행방해죄와 사칭으로 국제법에 따라 강제 추방당할 수도 있으니 자중하시라 경고했다.

맥이 빠진 은영은 지친 표정으로 밤늦게까지 연숙소 근처 카페 바에 들려 사건을 정리해 봤다. 그때 젊은 한국인 남자들이 우르르 들어와서 술을 주문하고 앞쪽 자리에 앉아서 은영을 힐끗 보더니 떠들기 시작했다. 특급 호텔 예약, 관광지, 유명한 클럽들, 그리고 현지 여성들 만나는 방법에 이르기까지, 진탕 놀 계획을 늘어놓았다. 그 말이 거슬려 자리에서 일어나려는데 바텐더가 텔레비전을 켰다. 밤 뉴스가 흘러 나오는데 현지에서 한국인 사업가가 피살당한 내용을 담은 보도가 들렸다. 다시 돌아선 은영은 화면 가까이 서서 내용에 집중했다. 약에 취한 상태였던 것으로 추정되는 한국인 사업가 문모 씨는 현지인 전 여자 친구가 다른 외국인 남성과 결혼한다는 소식에 질투, 집까지 쳐들어가 난동을 부렸고, 커플은 저지하던 과정에서 그를 때려 현장에서 살해하고 말았다는 내용이었다. 은영은 외사국에서 다뤘던 사건들이 떠올랐다.

해외 여행자와 유학생이 늘어나면서 외사국의 업무도 확장되었고 그 성질도 시시각각 변화해 왔다. 그리고 선진국 대열에 서면서 한국인들도 범죄 사건의 주인공들이 되기 시작했다. 국경을 넘나드는 마약 유통 폭력조직이 생겨났고, 인터넷과 해킹을 통한 정보 유출을 이용한 사기, 도박, 보이스피싱, 성매매, 불법저

작물 유통, 랜섬웨어 유포, 기술 반출 등의 범죄가 증가했다. 가끔 살인, 인신매매와 송금 협박 사건도 있었고, 최근 해외 취업을 빙자해 사람들을 모아 감금하고 범죄에 가담시킨 해외 조직에 의해 한국인 젊은이들도 피해를 입었다. 범죄자들은 국외 도피하는 경우가 빈번해졌고 이들을 검거하고 송환하는 일을 통해 국가 사이의 국제적 협조와 당국의 책임은 나날이 커졌다. 즉, 범죄자들은 전보다 더 교묘하게 현지에 스며들었고 보통 사람들 틈에서 활동했다. 한국인 또한 국내가 아닌 해외에서 범죄를 저지르는 일이 허다해진 것이다.

문득 은영은 어쩌면 동생이 이런 험한 일에 휘말린 것은 아닐까, 생각했다. 혹시 모르니 현지 뒷세계를 조사해 줄 인맥을 찾아야겠다 생각해, 바로 신부님께 전화를 걸었다.

다음 날 은영은 신부님이 알려 준 교회를 찾아갔다. 현지인 목사는 슬럼 출신의 여성이었다. 신부님의 연락은 이미 받았지만 은영의 사정을 직접 다시 듣고서는 잠시 고민하더니 자신에게 빚을 진 아이가 있다며 도움을 줄 수 있을지도 모르겠다고 했다. 어릴 적 거리에서 소매치기하던 고아 형제를 거둬 학교에 보내 주었고 지금은 성장해서 교회를 나가 살고 있다고 했다. 그 형을 만나 보면 어떻겠냐는 물음에 은영은 바로 고개를 끄덕였다. 설령 강제 추방을 당하든 블랙리스트에 오르든, 뭐든 해 봐야겠다는 절박한 심정이었다. 골든타임을 놓친 지 오래여서, 동생의 생사를 장담할 수 없기 때문이었다.

그날 저녁, 어느 중급 호텔에 도착한 은영과 목사님은 잠시 입구 밖에서 기다렸다. 화장실이 급했던 은영은 호텔 안으로 들어갔다가 수상한 모임이 벌어지고 있는 클럽을 몰래 구경하고 나왔는데, 어떤 현지인 남성이 어린 여성을 데리고 와 나이 든 남성들을 만나게 해 주었다. 다시 밖으로 나온 은영에게 목사는 사람을 소개했는데, 방금 본 그 현지인 남성이었다.

세 사람은 근처 길가 카페로 옮겨 대화를 시작했다. 손때가 묻은 나무 벤치 걸상이 놓인, 작은 상점을 겸하는 곳이었다. 목사님이 소개한 그는 30대 초반으로 보였는데 이름이 파이잘이라 했다. 목사는 파이잘에게 상황을 설명하며 도와주면 좋겠다고 현지어로 말했다. 은영은 진한 초콜릿 우유를 들이켠 다음 그를 향해 씩 웃었다. 파이잘은 억지 미소를 지으며 거절했다.

"한국 경찰이라고요? 우와. 여동생 일은 참 안타깝네요. 하지만 음…… 난 도와 드릴 수가 없어요. 목사님께서는 내가 아는 사람들이 있다고 생각하시나 본데, 그런 거 없거든요. 정말 미안합니다, 크리스틴."

은영은 우선 고개를 끄덕였고 목사님의 설득이 안 통하자 세 사람은 자리에서 일어났다.

밖으로 나와 길가에서 파이잘은 목사님과 인사를 나누고 택시를 잡아 먼저 태워 보내 드렸다. 그가 돌아서자, 은영은 이미 파악한 그에 대한 사실을 담아 나긋한 목소리로 말했다.

"파이잘이라고 했죠? 당신이 하는 일을 간단히 말해서 '매춘 알선업'이라고 하죠. 당신이 어디서 일하는지 알았는데, 경찰인 내가 아무것도 안 할 거라 생각하는 것은 안전한 추측 같지 않네요. 나는 동생을 찾기 위해 뭐든 할 거예요. 그리고 당신의 은인이신 목사님은 당신이 뭐해서 돈 버는지 정확히 아시는 것 같진 않고요, 맞죠?"

은영의 말에 어리벙벙해진 파이잘은 심하게 눈을 깜빡였다. 할 말을 찾으며 당황한 모습이 역력했는데, 은영은 일부러 시치미를 떼고 중얼거렸다.

"여기서 경찰서까지 택시비가 얼마나 되려나?"

궁지에 몰린 파이잘이 은영에게 손을 휘저으며 내뱉었다.

"아니, 뭐, 나더러 뭘 어떻게 하라고요? 당신 여동생 납치범이 누군데요? 어디서부터 뭘 해야 하는지 알기라도 해요?"

그 말에 은영은 환하게 웃었다.

그렇게 파이잘은 울며 겨자 먹기로 은영의 수사를 돕기로 했다. 우선 피살당한 한국인 사업가와 원장이 속한 한인 사회 뒷조사를 시작했다.

7

디아는 차에서 내려 병원 VVIP 환자실에 들어섰다. 잘 꾸며진 넓은 병실 안에는 여러 가구가 놓여 있었고, 코마 상태로 침대에 누워 있는 부회장 옆에는 통기성이 좋은 고급 면 실크로 지어진 치파오를 입은 마담 크위가 앉아 있었다. 60대의 나이에도 여전히 잘 가꾼 모습이었다. 이사회가 있을 때만 잠깐씩 얼굴을 보기는 했지만 이렇게 가까이 다시 보는 것은 꽤 오랜만이었다. 디아가 어릴 적에는 마담이 상대적으로 크고 무서웠다. 섬 농장과 과일 사업을 호령하는 주인으로 꽤 엄했으니까. 하지만 그런 두려움은 없어진 지 오래였다. 찰스 덕분이라고 해야 할까? 마담은 디아를 보자

콧방귀를 뀌더니 저음이지만 날카로운 목소리로 의심의 눈초리를 날리며 말했다.

"잘도 병문안을 오는구나. 어떻게 된 일인지 설명해 보아라. 회사를 차지하려 네가 한 짓이지? 아무리 회장의 총애를 받아 네 멋대로 활개를 치고 다닌다 해도, 이건 용납할 수 없어."

디아는 대답 없이 부회장 옆으로 걸어가 그의 상태를 훑어보고 팔에 꽂힌 링거줄을 만지작거렸다. 그리고 차트도 집어서 읽어 봤다. 그때 문이 열리고 릭이 들어와 디아에게 속삭이며 보고했다.

"문 사장 장례식은 한인 교회에서 치러질 예정이고 피의자는 곧 무기징역이 선고될 거라고 합니다. 문 사장의 개인행동이었기 때문에 파티와 연관된 내용은 전혀 없습니다. 그럼, 현장에 다녀오겠습니다."

디아는 조용히 고개를 끄덕였고 릭은 밖으로 나갔다. 그 모습을 어이가 없다는 표정으로 바라보던 마담 크위가 다시 입을 열었다.

"고작 몇 푼에 버려진 너를 키워 준 게 바로 난데, 은혜도 모르고. 천출 아니랄까 봐, 이런 무식한 짓을 하니? 넌 꼭 내가 경찰에 넘기고 말 거다."

디아는 코웃음을 흘렸다. 그러고는 조용히 소파로 걸어가 앉아 어디론가 전화를 걸었다. 상대가 전화를 받자 디아가 물었다.

"선생님, 분석 결과 나왔나요? ……마약에서 발견되기도 하는 물질이란 말씀이시죠? 알겠습니다. 수고하셨어요."

마약이라는 말에 마담 크위가 입을 다물었다. 디아는 자리에서 일어나 마담 크위 옆으로 걸어가 차분하게 말했다.

"혈증 분석에 의하면 열대성 독을 흡입한 것 같다는데, 마약에서도 종종 발견된다는 거 들으셨죠? 부회장님은 술, 여자, 마약에 재밌게 사셨으니까……."

마지막 한마디에 마담 크위는 자리에서 벌떡 일어나 디아의 뺨을 치고, 씩씩거리며 분을 삭이지 못했다. 타격으로 약간 고개가 돌아갔던 디아는 눈 하나 깜빡하지 않고 냉랭하게 돌아보며 대꾸했다.

"말씀대로 옛정을 봐서 솔직히 알려 드리지만, 제가 한 일은 아닙니다. 뭐, 이러나저러나 회장님 지시로 큰일 한번 겪을 상황이었지만. 마담은 내일 당장 의장직 내려놓으시고, 본토로 돌아가서 아드님과 나이 든 어머님 돌보시는 게 나을 것 같네요. 부회장님의 진짜 사고 원인에 대해 제가 경찰에 말하기 전에."

마담은 휘청하며 의자에 풀썩 주저앉았다. 회장의 지시로 이런 일이 벌어질 수도 있었다는 부분을 이해한 듯싶었다. 병실을 나서려 몇 걸음 걷던 디아가 멈춰서서 덧붙였다.

"그리고, 누구보다 열심히 일한 제가 회사를 가지는 건 당연한 일이죠. 잘 돌아가세요, 두 분, 그동안 감사했습니다."

디아는 한심한 모자라는 생각에 코웃음이 나왔다. 바로 병원을 나서며 대기하고 있던 심복에게 배를 준비하라 지시했다. 최근 일어난 사건들의 원인이 무엇인지 추정을 마친 표정으로 차에 올라탔다.

얼마 후, 배에서 내려, 섬 리조트로 가는 차로 갈아탄 디아는 메그와 통화했다. 회장 찰스가 대선주자로 나선다면 반대 세력을 형성할 인물들을 조사해 보라 지시했던 것이다. 메그의 지난 보고서를 보면 찰스는 수년간 자신의 정계 데뷔를 위해 반군 게릴라 지도자 출신의 친척, 아이잭이라는 자를 몰래 후원한 내용이 있었다. 아마 무력을 사용했겠지만, 수도권 외곽의 유권자 참여율이 80퍼센트에 육박하는 지지대를 형성한 자였고, 최근에 무소속으로 주지사로 당선되었다. 하지만 그의 과거는 의심 가는 부분이 많았는데, 특히 사업 이권 부당 허가로 고발당한 이력이 있었다. 이와 대조되는 성향이 있는 엘리트, 또는 전통 있는 가문으로 이뤄진 반대 세력이 있었다. 그들 중 추후 가장 위력이 있을 만한 자들을 골라 찰스의 압력인양 눌러 놓을 생각이었다. 손만 떼면 폭발하도록 말이다.

디아는 섬 리조트에 도착해 지하로 내려가 한국인이 갇혀 있는 방의 문을 열라 지시했다. 구석에 웅크려 몸을 덜덜 떨고 있는 한국인의 몰골은 말이 아니었다. 아마 얘도 독에 당한 것 같았다. 디아는 옆에 서 있는 부하에게 겉옷을 들춰 보라 지시했다. 눈도 뜨지 못하고 열병에 끙끙대는 여자애는 겉옷을 들춰도 제대로 저항하지 못했다. 허리를 숙여서 살펴보니 옆구리와 등 아래쪽에 붉은 발진이 보였다. 가슴 쪽에도 비슷한 흔적이 있었다. 디아는 치료할 약과 작은 걸상을 가져오라 한 다음 걸상에 걸터앉아 부하가 여자애를 치료하는 동안 릭에게 전화를 걸어 현장을 확인한 보고를 들었다.

릭은 디아에게 파티 장소는 깨끗이 청소를 마쳤고, 호텔 감시 카메라는 지시한 대로 모두 꺼져 있었고, 매춘부 둘 중 한 명은 이미 사망해서 처리했고, 한 명은 중태에 빠졌다가 깨어나 빈민촌 집에 앓아누워 있는 상태라고 전했다.

연고를 바르고 약과 물을 마신 한국인 여자애가 정신을 차리는 듯했다. 겨우 눈을 뜨고 디아를 보며 뭔가 말하려는 듯 두 눈을 껌뻑거렸다. 디아는 전화를 끊고 여자애를 보고 말했다.

"왜 안 풀어 줬느냐고 묻고 싶은 거니? 그게 말이지, 사실은 난 너를 시험해 본 거야. 네게 준 건 그냥 멀미약이었어."

디아의 입가에 미소가 번졌다. 무슨 소리지 싶은 듯, 여자애는 두려운 표정으로 디아를 바라봤다. 디아가 이어서 설명했다.

"그 파티 말이야, 그나마 멀쩡한 사람은 너뿐이야. 뭐, 그 남자들은 어차피 처리해야 할 자들이었어. 그런데 네가 내 일을 덜어 주었네! 그것도 흔적 하나 안 남게 멋지게 말이야. 독은 어디서 찾은 거니? 여기서? 그건 또 어떻게 알았을까, 궁금하네. 네 몸에 있는 발진은 나도 본 적이 있거든. 여긴 원래 독성이 있는 희귀한 것들이 많아."

한국인 여자애의 눈빛이 살짝 슬퍼지면서 흔들리는 게 보였다. 디아는 강인하면서도 순수한 면이 보이는 이 아이가 마음에 들기 시작했다. 그래서 다음 단계로 넘어가기로 했다.

"시험에 통과한 걸 축하한다! 앞으로 나를 도울 수 있을지 알아 가 볼까? 우선 이 방에선 나가게 해 줄게. 훈련이 시작될 테니까 잘 챙겨 먹고 잘 쉬도록 해. 아, 나는 디아라고 해. 여기선 총괄 매니저님으로 불리지. 넌?"

한국인 여자애는 망설였다. 무슨 소리인지 아직 이해가 안 간다는 표정이었다. 상관없었다. 지금부터 알려 주면 되니까. 부하에게 수갑 사슬을 풀어 주고 위층 방을 따로 만들어 주라고 지시하며 방을 나섰다. 부하의 부축으로 겨우 다리를 세워 일어서던 여자애가 입을 열고 떨리는 목소리로 물었다.

"디아……라고요? 왜 나를 시험한 거죠? 그 파티의 여자들은?"

방 밖에 서서 디아가 돌아보며 답했다.

"우선 회복 좀 해. 다시 보자."

그때 여자애가 말했다.

"앨리스예요. 영어 이름……."

디아는 씩 웃었다. 고개를 끄덕이고 복도를 걸어 계단을 올랐다. 만족스러운 첫 회의라고 생각했다.

다음 날 디아는 작전을 이어 갔다. 대선 견제 인재 세 명을 추렸고 각각의 약점을 파악해 함정을 구상했다. 또한, 이사회를 소집해 마담 크위가 자발적으로 의장 자리를 내놓는 모습을 지켜보았다. 망나니 아들과 자신이 죽임을 당하기 전에 차라리 산목숨으로 떠나는 게 낫다는 판단을 한 모양이었다. 회장의 심기를 거스른 유럽인 남편을 살리기 위해 이혼했던 과거와 비슷한 행보였다. 마담과 거의 비슷한 나이의 연하 남자와 재혼한 어머니 덕분에 독단적이고 살기 어린 양아버지를 얻은 그녀의 인생이 약간 초라해 보였다. 그래도 가난하고 힘없던 자신보다는 훨씬 많이 누리고 살았으니 전혀 불쌍하지 않았다. 오히려 속이 시원했다. 이런 날이 오는구나 싶었다. 잠깐의 쾌감이지만 디아는 수십 년 묵은 체증이 일부 내려가는 것 같았다. 마담 크위가 고개를 푹 숙이고 회의실을 나오다 디아와 잠깐 눈이 마주쳤다. 디아는 마담 크위가 자신의 옆을 지나갈 때까지 가만히 서 있었다. 나름대로 환송의 제스처였다. 마담 크위가 회사 엘리베이터를 타고 문이 닫히는 것을 확인한 디아는 회의실로 걸어 들어갔다. 이제는 찰스가 아닌 디아의 인맥으로 채워진 임원진의 결과는 뻔했다. 임원들은 투표를 마치고 결과를 발표했고, 새로운 최고 경영자로 선출된 디아를 환영의 박수로 맞이했다.

8

은정은 디아의 허락으로 지하 감옥방에서 벗어나 부하의 부축을 받아 계단을 올라 저택 위층 어느 작은 방으로 들어간 것을 기억했다. 머리가 터질 것 같은 고열에 화끈거리는 피부, 술에 취한 것처럼 몽롱한 정신 상태였기 때문에 저항은커녕 제대로 걷기도 힘들었다. 열대 숲 작은 열매 때문에 이렇게 인사불성이 되어 버린 자신이 어떻게 여기서 살아 나갈지 상상도 할 수 없었다. 부하는 디아의 지시대로 방 안 침대에 은정을 눕혀 주었고, 수갑이나 쇠사슬 없이 쉬게 해 주었다. 은정은 잠시 끙끙대다 약기운에 곧 깊은 잠에 빠져들었다.

꿈을 꾸는 동안에도 은정은 지난 며칠 동안 일어

났던 일과 사람들을 마구잡이로 보고 느낄 수 있었다. 에리카, 한국인 남자 친구, 오토바이를 타고 질주하는 청년들, 모텔 거리, 옷장 속, 빈민촌 청년의 손, 입구 데스크 직원의 눈빛, 전화하는 디아의 입술, 배에서 내려다본 자신의 긁힌 다리, 독이 든 열매의 촉감과 향, 호스텔 숙소 바닥의 차가운 대리석, 흔들거리던 엘리베이터 안 여성들의 뒤섞인 향수 냄새, 널브러진 술병과 과일 접시, 흐느적거리는 열대 야자수 잎, 대학교 캠퍼스까지 울려 퍼지던 아잔* 소리, 그리고 눈 내리는 풍경을 보던 언니의 안타까운 표정…….

큰 숨을 들이마시고 드디어 눈이 뜨였다. 작은 창밖에서 들어오는 뜨거운 햇빛으로 보아 낮인 것 같았다. 몇 시간을 내리 잔 듯했다. 방에는 밋밋한 회색 벽에 작은 침대만 놓여 있었다. 은정은 불에 타는 듯한 느낌이 사그라진 피부를 여기저기 더듬어 보고, 열이 내려서 다행이다 생각했다. 머리 뒤 상처를 만져 보니 약간의 통증은 있지만 거의 아문 것 같았다. 문득, 파티에 있던 여성들이 떠올랐다. 은정만 살았다고 했는데,

* 이슬람 교도들에게 예배 시간을 알리는 소리.

진짜 모두 죽었을까? 그렇다면 자기 혼자 살겠다고 무고한 사람들을 살해한 것과 다를 게 없었다. 잘못된 선택이었다. 하지만 그때는 다른 방법이 떠오르지 않았다. 그저, 그 누구도 자신을 건드리지 않았으면 하는 마음에, 자신 행동의 여파는 생각하지도 못 한 채, 과한 방식으로 방어한 것이다. 은정은 평생 한번도 느껴 보지 못한 무거운 마음에 한동안 가만히 웅크려 있었다.

그러다 멀리서 뱃고동 소리가 들렸다. 그 소리에 은정은 천천히 몸을 일으켜 침대에서 내려와, 작은 창으로 걸어가 밖을 내다보았다. 창살이 촘촘히 박혀 있어서 비집고 나갈 틈은 없었다. 다만 2층에서 앞뜰이 훤히 내려다보였다. 마당과 주차된 차들이 보이는 것이, 예전에는 못 봤던 방향인 것 같았다. 아니, 어쩌면 전혀 다른 저택일 수도 있을 것이다. 여기서 탈출할 수 있다면, 어떻게 본섬으로 간단 말인가? 탈출을 고민하자 은정의 머릿속에 질문이 꼬리를 물었다. 여기가 수천 개의 섬 중 어디인 줄 알고? 배나 차를 운전할 줄도 모르고 심지어 물에 빠진다면 수영도 못 한다. 망망대해를 헤매다 물이 없다고 바닷물을 마시면 당연히 치명적이다. 아니, 그것보다 문밖에 있을 경비들을 어떻게 혼자 해치운단 말인가? 언니처럼 운동도 열심히 했다면 싸울 힘이라도 있을 텐데, 자신은 허약하기 그지없었다. 눈 부신 햇살이 점점 더 뜨거워졌다. 은정은 다시 침대로 돌아가 앉아 생각을 이어 갔다.

저택 밖 밀림까지 도망간다 해도, 열대 우림에서는 뭘 먹어도 되고 뭘 건드리면 안 되는지 정확하지 않다. 길을 잃으면 오히려 동물의 공격이나 열사병, 또는 탈수로 죽을 수도 있다. 고생만 하다 다시 잡힐 것이 뻔하다. 그렇다면 여기 있는 사람 중에 환심을 사서 전화기나 인터넷을 사용해 구조 메시지를 보내는 건? 어설픈 언어로 누굴 설득한단 말인가? 또한, 이들이 보잘것없는 나를 도와줘야 할 이유가 뭐 있는가? 그나마 말이 통하는 건, 디아뿐이다. 젠장. 몸의 열기로 침대 시트가 점점 데워졌다. 차라리 시멘트 바닥이 나아 보였다.

은정은 바닥으로 내려가 앉아 침대에 등을 기댔다. 몸이 좀 시원해졌다. 걱정해 주던 언니가 떠올랐다. 문득 궁금했다. 언니는 내가 실종된 걸 알고 나를 찾으러 여기까지 날아왔을까? 언니라면 분명 수단과 방법을 가리지 않고 아마 수사를 벌이고 있을 거라 짐작할 수 있었다. 그런 언니에 대한 믿음과 확신이 드는 순간 미안함도 밀려왔다. 이렇게 힘도 없고 아는 것도 없고 말도 못 하면서, 뭘 믿고 친구를 돕겠다고 나선 걸까? 그 건방진 자신감은 도대체 어디서 온 걸까? 길을 잃거나, 물건을 도둑질당하거나, 푼돈 사기를 당하거나, 비행기를 놓치는 등 평범한 여행자의 경험으로 충분하지 않았을까? 가끔 집밥이 그리워 한 시간 거리에 있는 한인 식당을 찾아가거나, 고향 사람을 만난 듯 한국인을 보면 말을 걸어 보는 식의 용기 정도만 발휘했으면 되었을 것. 인생 산 경험도 없으면서 언니 말 안 듣고 까불다가 벌받는 거다 싶었다. 힘들게 키워 준 은혜를 이딴 식으로 갚는 건가 해서 너무 송구했다.

자기비하에 빠져 있는 그때, 문이 열리고 감시자가 들어와 슬쩍 은정을 살펴보더니, 식사를 담은 바구니에서 음식을 꺼내 바닥에 놓고 나갔다. 겹겹이 꼬인 바나나 잎을 펼쳐 보니 밥과 멸치만 담겨 있었다. 며칠 만에 보는 식사였다. 은정은 우선 먹어야 한다 생각하고 잎을 끌어와 손으로 밥과 멸치를 모아 덩어리로 뭉쳐 입에 넣고 씹기 시작했다. 조금씩 배가 채워지고 정신이 드니 다시 디아의 제안이 생각났다. 도대체 내가 뭘 도와준다는 거지? 아, 훈련이라고 했나? 그건 또 뭐야? 온갖 의문투성이의 말만 뱉고 가 버린 디아에 대해 아는 대로 정리해 봤다. 총괄 매니저라는 것, 파티를 만든 사람이라는 것, 그곳의 모든 사람이 죽든 말든 어차피 없앨 계획이었다는 것, 그리고 이곳은 물론이고 본섬의 모든 조직 업무를 총괄하는 모양이었다. 힘이 있는 사람이라면, 그 때문에 자신도 살아남을 여지가 있다는 게 아닐까? 반대로 죽임도 쉽게 당할 수 있었다. 은정은 뭐가 뭔지 모르겠지만 선택의 여지가 없는 현실을 자각하기 시작했다. 혼자 잘못 판단해서 또 누굴 해치지는 않을까 두렵기도 했다. 그럼, 차라리 디아의 손을 잡는 게 나을지도 모른다는 생각이 짙어지기 시작했다.

* * *

오전부터 호텔 풀장 옆은 성대한 결혼식으로 사람들이 붐볐다. 황금 가지와 꽃으로 장식된 왕좌 같은 의자 두 개가 나란히 낮은 무대 위에 놓여 있고, 그 주변은 꽃과 리본으로 아름답게 꾸며졌다. 드디어 화려한 자바니즈 의상을 차려입은 신혼부부가 걸어 들어와 무대 위 왕좌에 앉았다. 음악이 흐르고 하객들이 신혼부부에게 다가와 축하 인사를 건넸다. 신혼부부는 그들에게 감사하며 준비한 선물 상자를 전하면서 곧 식사 때 뵙겠다고 전했다. 손님들은 신부 옆에 서 있는 장교복 차림의 노인에게도 인사를 했다. 신부의 아버지는 반갑게 인사를 나누고 덕담을 주고받았다. 그러다 신부의 아버지는 누군가 다가오는 모습을 보고 잠시 자리를 비웠다. 반짝이는 전통 드레스를 입은 디아가 걸어와 신혼부부에게 축하 인사를 건네고 신랑에게 작은 선물을 건넸다. 상자 안에는 최고가의 스위스 주문제작 시계가 들어 있었다. 신부가 디아에게 감사 인사로 비주를 하자, 디아는 신랑에게도 얼굴을 가까이 대고 인사하는 척하며 귓속말을 했다.

"찰스 회장님이 드리는 선물입니다."

흠칫한 신랑이 시계를 뒤집어 보는데 링크가 새겨져 있었다. 디아가 덧붙였다.

"여자 친구와의 추억이 담긴 영상은 제가 잘 지키고 있을게요. 걱정하지 마세요, 비밀번호는 저밖에 모르니까."

디아는 태연하게 상체를 일으키고 뒤로 물러났다. 그리고 나서는 장교복의 노인과 눈인사를 나누고 유유히 식장을 걸어 나갔다. 신부 아버지는 다시 부부가 있는 무대로 돌아왔는데, 신랑은 장인의 손목에 채워진 똑같은 시계를 발견하고 꿀꺽 침을 삼켰다.

* * *

강의 시간에 맞춰 학생들이 어느 자카르타 유명 대학교 교실에 모여들었다. 점심 후 나른한 표정으로 강의실에 들어오는 중후한 매력의 어떤 교수가 강단에 올라 문서 가방을 책상에 올려놓고, 노트북을 꺼내 들었다. 학생들이 뒤쪽을 훔쳐보며 수군대자, 교수도 뒤쪽 좌석을 올려다보았다. 계단처럼 만들어진 청중석 맨 뒤에 앉아 있는 디아를 본 교수의 눈빛이 흔들렸다. 디아는 교수와 눈이 마주치자 환하게 미소 지었다. 교수는 자신도 모르게 복부를 쓰다듬었다. 교수는 헛기침을 한 번 하고는 아무렇지 않은 척 연단 위 노트북을 열었는데, 쪽지와 함께 영상이 하나 떠 있었다. 정지된 화면은 벌거벗은 교수가 10대 정도로 보이는 소년들에게 에워싸여 두들겨 맞고 있는 모습이었다. 쪽지에는 '찰스 회장을 지켜봐 주시길 바랍니다.'라고 쓰여 있었다. 교수는 쪽지를 구기고 영상창을 닫아 버렸다. 그런 다음 크게 숨을 들이마시고 내쉬었다. 다친 곳이 또 욱신거리는 것 같았다. 그 모습을 보고 앞줄에 앉은 학생이 물었다.

"교수님, 괜찮으세요?"

두통을 참는 듯 두 눈을 질끈 감았다가 뜨고선 천천히 학생들 뒤쪽을 보니 디아는 이미 사라졌다. 그제야 교수는 정신을 다잡고 이마에 맺힌 땀을 닦은 다음 억지로 웃으며 강의를 시작했다.

* * *

자카르타 도심에 있는 이슬람 사원에 사람들이 기도하러 모여들었다. 남자와 여자가 각각 다른 방으로 나눠 들어갔고, 작은 양탄자들이 나란히 놓인 바닥에 남자들이 들어와 자리를 잡는데, 가장 어른으로 보이는 노인이 앞줄 중앙에 앉자 기도가 시작되었다. 얼마 후, 기도가 끝나고 남성 여성 무리가 각각 양쪽 문에서 걸어 나왔다. 남자들이 어느 여성을 보고 인사하자 노인도 돌아보았다. 히잡의 일종인 투동을 머리에 쓰고 디아가 서 있었다. 노인도 마지못해 디아에게 대충 인사를 건넸다. 디아는 노인의 손을 이마에 가져다 대는 존경의 표시를 했다. 노인이 인사를 마치고 돌아서려다, 무언가를 보고 걸음을 멈췄다. 디아 뒤에서 작은 소녀가 얼굴을 내밀었기 때문이다. 소녀를 알아본 노인이 당황했다. 디아는 씩 미소 지었다. 디아가 소녀에게 뭐라 말하자 소녀는 다른 여성의 손을 잡고 사원을 나갔다. 그리고 디아는 노인 옆으로 다가와 작은 목소리로 말했다.

"찰스 회장님이 안부를 전하십니다."

그러자 노인은 억지 미소를 지어 보이고 디아와 나란히 발맞춰 사원 계단을 내려갔다. 남자들이 그 뒤를 따랐다. 사원 뜰을 가로질러 걸어서 디아를 차까지 배웅했다. 디아는 감사하며 차에 올라탔다. 노인은 떠나가는 차를 보고 한숨을 내쉬며 쓸쓸한 표정으로 돌아섰다.

　이동하는 차 안, 뒷좌석에 앉은 디아가 머리에 썼
던 투동을 벗어 버리고 손으로 머리를 빗었다. 계획대
로 선거 반대 세력을 압박하는 일을 마무리했다. 긴 숨
을 내쉬고 고개를 뒤로 젖혀 눈을 감았다. 잠시 숨 좀
돌리나 싶었는데, 옆에 놓인 가방 안에서 전화기 진동
이 느껴졌다. 눈을 감은 채로 손을 뻗어 가방 안에서
휴대 전화기를 꺼냈다. 실눈을 뜨고 보니 수년간 월급
을 주고 있는 이민국에 심어 둔 출입국 심사 내부자의
문자가 한 통 와 있었다. '회장이 입국했습니다.' 흠, 하
고 잠시 생각하던 디아는 릭에게 전화했다.

　"네, 매니저님."

　"회장 새로 뽑는 부하 중에 우리 쪽 사람 될 만한
자는 골라냈나?"

　"네, 지금 명단 보내 드리겠습니다. 말씀만 하시면
바로 섭외 마무리하겠습니다."

　"응, 좋아. 오늘 회장 도착했어. 회장 저택 감시자
잠깐 철수시켜, 괜히 꼬리 잡히지 말고."

　"네, 알겠습니다."

　"수고했어."

디아는 전화를 끊고 찰스 회장에 대해 생각했다. 회장이 디아에게 아무 말 없이 입국한 것으로 봐서는 개인적으로 일을 개시한다는 뜻이다. 디아를 감시하기 위해서 몰래 들어온 것일 수도 있다, 기소장까지 준비한다고 했으니까. 더러운 흔적을 싹 지웠으니 이제 마음 놓고 대선 준비를 할 작정일 것이다. 그렇다면 앨리스도 서둘러 준비시켜야 한다고 생각했다. 디아의 마음이 조금 급해졌다. 그의 데뷔 무대가 자신의 환송회가 될 것이라는 예감이 강렬했기 때문이었다. 회장의 감시망에서 벗어나 자신의 계획을 진행하기 위해 바로 메그에게 전화해서 승진 기념 리프레시 휴가를 낸다고 알리고, 요트 클럽에 자신의 배를 띄워 놓으라 지시했다. 또한, 휴가에서 돌아오면 그때 가서 최고 경영자 취임식을 진행하도록 준비하라 했다. 디아는 자신의 눈이 틀리지 않았기를 바라며 앨리스의 훈련 과정과 회장에게 심을 자는 어떻게 할지 머릿속으로 구상했다.

디아는 자신의 저택에 들려 짐을 챙긴 뒤, 다음 날 일찍 요트 클럽으로 향했다.

9

아침에 문이 열리는 소리가 들려 일어나 보니 문 밖에 보디가드가 서 있었다. 은정은 파티에서 봤던 그 보디가드임을 알아챘다. 그는 나오라 손짓했고 은정은 잠깐 머뭇거리다 그를 따라나섰다. 저택 2층에서 지층으로 내려오자, 보디가드는 은정을 앞뜰에 대기하고 있는 차에 태웠다.

잠시 좁은 도로를 달리자 작은 해만에 도착했고 저 멀리서 요트 한 대가 달려왔다. 요트를 운전하고 있는 사람은 다름 아닌 디아였다. 해변 놀이에 어울릴 법한 편안하고 시원한 복장을 하고 요트를 해변 끝까지 몰고 와 엔진을 끄자 두어 명의 어부들이 다가가 요트를 나무로 만든 정박장에 묶어 고정했다. 어부의 어깨를 잡고 물을 건너 모래사장에 내린 디아가 은정을 마주하고 서서 인사를 건넸다.

"몸은 어때, 앨리스? 자, 그럼 공부하러 가 볼까?"

도대체 무슨 소린지 모르지만 은정은 우선 잠자코 따라가 보기로 했다. 이제까지 고민한 최선의 탈출법이 결국 디아의 손을 잡는 것일 수도 모른다는 생각이 있었기 때문이다. 은정은 디아를 따라 다시 차에 올라탔고, 또다시 흙먼지 도로를 달려 밀림 옆에 있는 과일 농장에 도착했다.

여러 갈래의 섹션으로 나뉜 넓은 밭에 파인애플, 망고, 파파야, 낭카, 람부탄 등이 열린 나무 아래서 가지치기와 수확을 하는 일꾼들이 보였다. 디아에게 관리자와 두 명의 무장 경비가 다가와 인사를 하며 양산을 건넸다. 디아가 양산을 들고 농장 사이로 걷기 시작하자 경비가 양쪽을 따라 걸었고, 보디가드는 은정 바로 옆으로 와 어깨를 밀며 같이 걸었다. 디아가 은정을 돌아보고 말했다.

"나를 돕기로 결정한 건가?"

은정은 대꾸를 했다가 무슨 봉변을 당할지 몰라

잠깐 망설였다. 그러다 꿀꺽 침을 삼키고 용기를 내어 질문했다.

"뭘…… 도와야 한다는 건지, 잘……."

디아가 걸음을 멈추고 은정에게 우산을 씌워 주며 보디가드를 떼고 같이 걷기 시작했다. 은정은 디아의 옆모습을 슬쩍 보며 무슨 일이 벌어질지 가늠하려 했다.

"나도 어릴 적에 이런 과일 농장에서 일했어. 조선족 어머니와 노름꾼 아버지 덕분이지. 둘 다 빚을 갚지 못해서 결국 딸을 중국 대지주에게 팔았고. 그래서 여기까지 오게 되었어."

은정은 예상하지 못했던 디아의 과거에 대해 듣고서 자신도 모르게 디아의 목소리에 집중하기 시작했다.

"그 농장의 주인은 그나마 해외에서 공부한 엘리트라, 일만 잘하면 부모님보다 나은 대접을 해 줬지. 뭐 그렇다고 부잣집 마님 모시는 일이 마냥 편안한 일은 아니었지만. 근데 그러던 어느 날, 이 여자가 갑자기 나를 노예 계약에서 풀어 주더군. 알고 보니 대지주의 딸이 새 남자를 들였더라고. 그는 곧 모든 집안 돈을 손에 넣고 판을 바꿔 놓았지. 그 남자의 이름은 찰스, 지

금의 회장이야. 과일만 파는 사업가로 만족할 인물이
아니었던 거야. 그 남자는 모든 국제 연결망을 손에 쥐
고 흔들기 위해 물려받은 돈을 선박업에 투자했어. 그
가 나를 풀어 준 거고, 나는 살기 위해 그의 오른팔이
되었어. 어때, 그림이 그려져?"

　은정은 디아의 말이 사실인지 아닌지 알 수 없기
에 답할 수도 없었다. 그저 디아의 목소리에서 어느 정
도 진실이라는 느낌만 받았을 뿐이었다. 농장의 끝에
도착하자 작은 판잣집들이 모여 있는 구역이 나왔다.
아마 일꾼들이 사는 곳인 듯했다. 디아가 철문 앞을 지
키는 자에게 고갯짓하자 자물쇠를 열어 문을 밀어 주
었다. 은정은 디아를 따라 철조망 안쪽으로 걸어 들어
갔다.

　빈집도 있고, 아이, 여성, 노인, 젊은이 들만 모여
있는 집들도 보였다. 뜰 한가운데에는 옷가지, 신발 등
이 잔뜩 쌓여 있었다. 그 주변에는 빨랫줄, 벽돌로 만
든 화롯가, 대나무로 만든 의자 등의 허름한 가구도 보
였다. 디아는 뜰 가운데로 와 섰다. 그리고 말을 이어
갔다.

　"회장은 사업의 저변을 확대하기 시작했어. 뭐든

국경을 넘어 사고팔고 유통할 수 있게 되었으니까 말이야. 팜유, 광물, 열대 토목, 해산물, 멸종 위기에 놓인 100여 가지의 희귀 동식물, 이어서 다양한 공장 제조품까지 섭렵했지. 그것만으로도 충분해 보이지만 원래 사업이 커지면 손해도 크거든. 투자한 돈을 회수하려면 큰 수익이 필요해졌어. 그러던 와중에 회장은 결정적인 발견을 하게 된 거야."

은정은 집에서 나온 아이들의 손가락이나 발가락이 심하게 굽어 있는 것을 봤고, 여성들은 피골이 상접해 있고, 노인들은 얼굴에 상처가 나 있는 것을 보았다. 왠지 디아의 설명이 어디로 향할지 알 것 같았다. 디아는 은정의 시선을 따라 쳐다보고 나서는 돌아서 다시 걷기 시작했다. 은정도 그 옆을 걸으며 집중했다.

"사업 초창기에 회장이 선박을 몰고 나갔다가 해적에게 잡혔거든. 그때 회장이 총을 가져가지 않았다면 아마 해적들 손에 죽었을 텐데, 용케 두목을 먼저 없앴지. 그 후, 해적과 손잡은 회장의 배들은 다른 선박 회사와 달리 매우 신속 정확했고, 이중 사기로 보험 비용까지 챙길 수 있었어. 그 덕에 단기간에 엄청난 성장을 한 거야. 그 일을 계기로 회장은 더욱 대담해졌어. 그렇잖아도 야심이 넘치는 사람인데 욕심이 더 커진 거야. 자신이 원하는 대로 할 수 있게 된 거지."

그때 판자촌 끝에 닿아 있는 밀림에서 젊은이 한 무리가 걸어 나왔는데, 그중 한 청년이 디아를 보고 다가와 인사했다. 디아는 씩 웃고선 청년에게 앞장서게 했다. 디아는 우산을 접고 청년의 뒤를 따라가며 은정에게 따라오라 고갯짓했다. 보디가드와 경비도 뒤따라 밀림 안으로 들어섰다.

그늘이 드리운 밀림 바닥에는 온갖 식물이 자라고 있었고 하늘을 가릴 정도로 뻗은 울창한 나무들이 주변을 에워쌌다. 청년은 기다란 마체테 칼로 나뭇가지와 잎을 쳐내며 앞장섰다. 10여 분을 걸어가다 밀림 한가운데쯤에서 청년이 걸음을 멈췄다. 디아가 청년의 어깨를 다독이고 은정에게 이리 오라 손짓했다. 은정은 천천히 디아 옆으로 걸어왔다. 발아래에는 축축한 구덩이가 있었고 새로 덮은 흙이 보였는데, 은정은 순간 소리를 지를 뻔했다. 구덩이 여기저기에 사람의 손가락, 발가락, 머리털, 삐져나온 신체 부위가 보였기 때문이었다. 그것들은 이미 반쯤 부패했는지 이끼와 식물의 싹이 자라고 있었다. 디아가 시체 구덩이를 내려다보며 말했다.

"그 모든 제품 중에서도 회장은 가장 상품 가치가 높은 것에 투자하기 시작했어. 재배도, 제조도 하지 않아도 되는, 이미 세상에 널려 있는 자원 말이야."

은정은 이제 무슨 뜻인지 이해했다. 이들은 수익을 위해 사람을 이용했다는 거다! 은정은 충격에 휩싸여 얼어붙은 채로 디아의 목소리를 들었다.

"그거 아니? 너 같은 인재를 키우고 모시는 건 쉽지 않아. 하지만 한 가정이 한 달에 많이 벌어 봐야 미화 100달러로 먹고살아야 하는 상황에서, 교육도 받지 못하고, 기술도 없고, 영양실조에 시달리는 자들을 찾아 데려오는 건 식은 죽 먹기지. 회장은 그 노동력을 이용해 지금의 자산가가 되었어. 그리고 이젠 더 높은 곳을 보고 있어."

디아가 잠깐 말을 멈추고 숨을 내쉬었다. 은정은 눈을 질끈 감았다가 뜨고 디아를 돌아봤다. 아까와는 달리 약간의 어두운 표정이 보였다. 디아가 구덩이를 지나 걸어가기 시작했다. 모두 그녀의 뒤를 따랐고 은정은 숨을 고르고 겨우 다시 발을 뗐다.

밀림 옆으로 빠져나오자 다시 흙길이 이어졌다.

보디가드가 무전기로 지시했고 곧 차 두 대가 도착했다. 은정, 디아, 보디가드가 한 대에, 그리고 나머지는 다른 차에 올라타 이동했다. 은정은 방금 본 집과 사람들에게 얽혀 있을 끔찍한 사연들을 상상했다. 뜰 한가운데 쌓여 있던 옷 더미는 분명 죽은 자들의 것일 테다. 그동안 도대체 몇 명이 여기서 노동을 하다 죽어 묻힌 걸까 생각했다. 해변을 따라 만들어진 길을 달리던 차는 완만한 고지대를 향해 달렸고, 그 길 끝 벼랑 위에 지어진 저택에 도착했다.

대문이 열리고 안으로 들어선 차는 현관문 앞마당에 섰고 모두 차에서 내렸다. 디아가 문 앞으로 걸어가자 하인이 현관문을 열며 인사했다. 디아는 은정을 향해 들어오라 손짓했다. 은정은 저택 안으로 들어서며 이 섬 하나에 이렇게 필요한 시설을 모두 갖추고 있다는 사실에 내심 감탄했다. 또한, 이들이 얼마나 거대한 조직인지 상상이 되었다. 또 다른 하인이 다가와 디아에게 물수건을 건넸고 디아는 손을 닦으며 거실 소파로 향했다. 은정은 거실 끝에 서서 내부를 쳐다봤다. 하인 한 명이 은정에게 옷과 수건을 들고 와 건네며 화장실을 가리켰다. 엉거주춤하는 은정에게 디아는 옷을 갈아입고 오라 지시했다.

은정은 화장실에 들어가 옷을 펼쳤는데, 뜻밖에
도 면으로 만들어진 수련복이었다. 이걸 입어야 하나
잠시 고민하다 은정은 이제는 돌이킬 수 없는 상황이
라 생각했다. 훈련이라면 나쁠 건 없었다. 이들을 향해
기술을 사용할 수도 있을 테니까. 옷을 갈아입고 손을
씻은 뒤 화장실을 나오니, 기다리고 있던 하인이 은정
을 뒤뜰로 안내했다.

디아는 야외 소파에 걸터앉아 주스를 마시고 있
었고 그 앞 잔디에는 아까 그 청년과 어떤 중년의 남자
가 수련복을 입고 서 있었다. 은정을 돌아보더니 디아
가 미소 지으며 남자를 가리켰다.

"저분이 훈련을 해 주실 마스터셔. 앞으로 며칠 동
안 호신술 수련을 하게 될 거야."

은정은 마음의 준비가 되지 않아 온갖 질문만 머
릿속에 넘쳐나는 표정을 지었다. 그 모습을 본 디아
는 청년에게 다가오라 손짓했고 청년이 은정 앞에 와
섰다. 은정은 무슨 일인지 몰라 바짝 긴장했다. 디아
가 청년에게 지시하자 그가 웃옷을 벗고 돌아섰다. 은
정은 청년의 등에 새겨진 글귀를 보고 경악했다. 영어

로 쓰인 글귀는 'I President Charles, who owns the youth, gains the future.'였다. 저 글을 쓴 것이 찰스가 맞다면, 그는 사람을 그저 도구로 취급하는 괴물이었다. 은정은 자기도 모르게 다가가 청년의 등 상처를 가만히 만졌다. 날카로운 무언가, 아마도 칼로 그어 만든 흉측한 낙인이었다. 어떻게 인간이 인간에게 이럴 수 있는지…… 손끝이 떨렸다. 그 모습을 가만히 지켜보던 디아가 일어나 은정 옆으로 와서 말했다.

"찰스 회장이 이용하고 버린 고아, 여자와 노인들을 그가 모르게 내가 이곳으로 데려왔어. 왜냐면 이들은 해고되거나 죽기보단 뭐라도 해서 가족을 부양하고 싶어 했거든. 뭐, 내 미래 대비에도 도움이 되니까, 피차 나쁠 거 없었고."

디아는 청년에게 가 보라 지시했다. 청년은 웃옷을 입고 인사를 하고 저택을 나갔다. 은정을 바라보며 디아가 설명을 이어 갔다.

"머지않아 너도 찰스를 만나게 될 거야. 그럼 어떤 일이 벌어질 것 같아? 너도 봤다시피 그는 나처럼 자비롭지 않을 거야. 이미 느꼈겠지만 네가 여기서 나갈 방법은 나를 돕는 것뿐이야. 나는 말야, 네가 그를 무너뜨릴 수 있을 거로 생각해. 그가 원하는 대로 하게 놔두면 분명 나도 너도, 이 나라도 다 망가지고 말 거야."

이제 은정은 찰스든 디아든, 악마 같은 자가 있다는 사실은 믿을 수 있었다. 또한 예상했던 대로 디아의 손을 잡아야 이 구렁텅이에서 나갈 가능성이 생길 거란 현실도 인지했다. 협조하지 않는다면 열대우림 바닥에서 썩어 갈 수도 있다는 여지를 확실히 보여 줬으니까. 다만, 그게 자신과 무슨 상관인지, 더군다나 자신이 그런 상대를 무너뜨릴 힘이 있는지도, 그럴 방법도 몰랐다. 그래서 초조한 마음에 되물었다.

"그게, 왜 하필 나를…… 그리고, 내가 어떻게 그런 일을 한다는 거죠? 아무 힘도 없는데……."

이에 디아가 미소 지었다. 앞 질문에 대한 답은 없이 은정의 어깨를 다독이며 말했다.

"그건 내가 알아서 할게. 너는 죽지만 않으면 돼."

은정은 죽을 만큼 위험에 빠질 수 있다는 말인가 싶어 소름이 끼치며 힘이 빠지는 듯했다. 디아는 마스터에게 훈련을 시작하라 지시하며 은정을 그를 향해 떠밀었다. 은정은 복잡한 심경으로 휘청거리며 잔디 위를 걸어갔다.

마스터는 은정에게 합장을 했고 은정도 얼떨결에 인사했다. 그러자 마스터는 바로 성큼 다가와 은정의 목에 팔을 휘감아 목조르기를 시연했다. 은정은 놀라 컥컥거리며 빠져나오지 못해 어찌할 줄 몰라 버둥거렸다. 숨을 쉬지 못해 팔다리만 허우적거리는 은정을 잠시 지켜보던 디아가 마스터에게 손짓했다. 그는 은정의 목에서 손을 풀고 잠시 숨을 돌리게 해 주었다. 은정은 잠시 잔디에 주저앉아 숨을 헐떡였다. 눈앞이 노랗고 기가 빠지는 경험이었다. 곧이어 마스터는 은정을 일으켜 세웠다. 그리고 반대로 자신의 목을 졸라 보라 손짓했다. 은정은 숨을 가다듬고 마스터의 목을 졸랐고 어설픈 손놀림을 마스터는 손쉽게 풀고 뒤로 꺾어 은정을 눕혀 버렸다. 또다시 잔디에서 나뒹굴고 만 은정은 안 되겠다, 빨리 배우지 않으면 여기서 죽겠구나 싶었다. 다시 마스터의 공격이 시작되었고 은정은 그의 손놀림을 기억하기 시작했다. 느리지만 정확하게 은정은 마스터의 손동작을 따라 했고 몇 번의 땅 구르기 끝에 드디어 마스터의 손을 풀고 목졸림에서 빠져나왔다. 그 모습을 본 디아가 씩 웃고 저택 안으로 들어갔다. 저녁 늦게까지 은정은 마스터의 훈련에 당하고 또 당

하며 수련을 할 수밖에 없었다. 어느 순간부터 은정은
온 힘을 다해 자신을 보호하기 위한 노력을 하고 있었
다. 저 멀리 수평선 위 열대의 해가 하얗게 타듯 어둠
속으로 사라져 갔다.

10

은영은 한인 교회 사람들이 주최한 피살당한 한국인 사업가 문 사장의 장례식을 찾아갔다. 교회는 식민지 시대에 지어진 건물 내부를 개조한 곳이었다. 고인의 부인과 아이 둘, 그리고 하인이 나란히 앞줄에 앉아 예배에 참석했다. 예배 후 사람들은 관에 담긴 고인에게 마지막 인사를 건네고 가족에게도 위로의 말을 전했다. 관은 바로 근처의 묘지로 옮겨져 땅속으로 내려졌고 장례식이 마무리되었다. 은영은 사람들이 묘지를 떠날 때까지 기다렸다가 고인의 부인에게 따로 다가가 인사를 건넸다. 한국에서 온 사업 파트너라고 말하며, 돌아가시기 전에 만나기로 했다고 운을 뗐다. 그러고선, 장례식 직전에 경찰 대학 동기 시경에게 받은 정보를 흘렸다. 제품을 고인에게서 건네받아 판매할 예정이었는데 물량을 채우기도 전에 이렇게 발이 묶이고 말았다며, 혹시 공급을 마무리해 줄 수 있는지 물었다. 부인은 잠깐 생각하더니 남편 대신 공장을 가동할 수 있을 것 같다며 선지급을 할 수 있는지 물었다. 당장 먹고살 길이 없어진 판에 남편의 일을 이어 할 작정인 듯했다. 은영은 남편을 잃은 여자의 절박한 심정을 이용하는 것이 미안했지만, 정보를 얻기 위해 위장 신분을 유지했다. 업장 상태를 확인하고 나서 답을 주겠다며 우선 둘이 공장을 봐도 될지 부탁했고 부인은 기꺼이 허락했다.

장례식 다음 날 아침, 차로 한 시간 정도를 달려 도심 외곽에 도착한 은영과 부인은 빈민촌이 에워싼 공장 부지에 도착했다. 쓰레기 더미와 부서진 연장이 널브러져 있는 둥, 주변 관리가 부실한 것으로 보아 위생은 물론 노동자들의 복지는 기대하기 어려운 장소로 보였다.

녹슨 자물쇠를 열고 안으로 들어가자 생산하다 멈춰 선 페이크 제품들이 여기저기 카트에 담겨 있었다. 은영은 우선 물건들과 공장 내부 사진을 찍었고 부인에게 경찰 배지를 보여 주었다. 당황하고 놀란 부인은 어찌할 줄 모르며 자신은 남편이 하는 일을 잘 몰랐다고 뒤늦게 발뺌했다. 촬영한 이미지를 담당 부서에 전송하기 전에 사실대로 남편에 대해 말해 달라 협조를 부탁하자 부인은 울다시피 고개를 끄덕였다. 그렇게 은영은 그간의 내막을 들을 수 있었다. 남편은 작은 슈퍼마켓으로 시작해서 현지 유통업에서 성공, 지역에 물품을 공급하며 현지 선박 회사 사람들과 친분을 만들었는데, 특히 비슷한 성향의 부회장이라는 사람과 교류가 잦았다고 했다. 부회장은 현지에 올 때마다 문 사장을 불러 어울렸는데 그를 통해 술과 여자, 그리고 마약에도 손을 대기 시작했단다. 죽기 바로 전날에도 함께 어울렸던 것으로 알고 있으며, 호텔에서 진탕 놀고, 다음 날 약에 취한 상태로 전 여자 친구에게 폭력을 행사하다 결국 당한 거라고. 은영은 혹시 그 호텔에 누가 있었는지 어느 호텔인지 물었다. 부인은 호텔 이름은 알지만 다른 건 모른다고 고개를 저었다. 은영은 부인에게 다시는 이런 일에 가담하지 말라 경고하며 새 출발 잘하시라 기원해 주고 현장을 나왔다.

조사 후 파이잘을 만나기로 한 모텔 구역으로 향하는 동안 은영은 어릴 적 부모님께서 알려 주셨던 업무 이야기가 떠올랐다.

부모님이 근무했던 부서는 경제과로, 국제 무역, 협상, 정책 관련 상담 및 고문 업무였다고 들었다. 중학교에 들어가서야 그 일에 대해 조금 더 이해할 수 있었는데, 두 국가 사이의 업무 이해관계를 증진하고, 현지 사업 생태계를 조사해 이에 맞춰 계약서를 작성하고 이행하는 등, 다양한 경제 관련 부서 및 업체와 교류가 두 분의 일이었다. 외환 위기와 인도네시아 폭동 사태까지 잘 넘기며, 그렇게 양국 발전에 작은 힘을 보태며 경험을 쌓았건만, 귀국하게 된 결정적인 이유는 기대하지 않았던 어머니의 임신 때문이었다. 부모님은 아이를 외국에서 출산하지 않기로 했고 귀국을 서둘렀다.

2000년대에 들어와서 다시 떠오른 사업 분야는 바로 관광업이었다. 아버지는 알고 지내던 현지인과 함께 귀국하기 직전에 관광 회사를 차렸다. 나날이 늘어가는 해외 여행자들 덕분에 시작은 매우 좋았고, 이때 부모님은 저축과 생명보험을 은영과 동생 이름 앞으로 넉넉히 장만하여 미래에 대비했다. 선견지명이었을까,

머지않아 발리 테러, 홍수, 태풍, 등 산재가 잇달아 발생했다. 관광객이 줄어들자 손해를 메꾸기 위해 아버지는 회사를 청산할 수밖에 없었다. 이처럼 국가를 오가는 사업을 운영하는 것은 예나 지금이나 쉽지 않을 것이다. 그러나 기술의 발달과 자유 시장 덕에 국경을 오가기 쉬워지고 그 인구도 많아졌다. 외국에서 활동하는 한국인의 그때와 현재, 뭐가 달라진 걸까 생각했다. 문 사장처럼 어쩌면 지금이 누구나 범죄에 기여하기 훨씬 좋은 조건이 만들어진 것은 아닐까 싶었다.

　모텔이 듬성듬성 들어선 거리 끝에 도착한 은영은 택시에서 내려 건물들이 내다보이는 패스트푸드 식당 안으로 들어갔다. 벌써 도착해 있던 파이잘이 구석 자리에 앉아서 손을 흔들었다. 둘은 끼니를 때울 음식을 주문하고 받아 와 마주 앉았다. 식사를 하며 은영은 문 사장의 부인에게서 알아낸 사실을 말해 주었다. 그리고 그 부회장이란 어떤 자인지, 그 선박 회사는 어떤 곳인지, 그들이 마약과 매춘을 했을 가능성이 높은 그 호텔에 대해 아는 것은 있는지 물었다. 햄버거를 다 먹고 콜라를 한 모금 마신 후 파이잘이 입을 닦고 답했다.

"솔직히 말해서 나는 관광객이나 소규모 사업을 하는 가게 주인들이나 상대해서, 그런 고급 호텔의 엘리트 고객은 잘 몰라. 그 선박 회사, CJ 해운은 들어 본 적 있지. 그 회장이 유명하거든. 찰스 뭐라더라 하는 자인데, 거물이야. 정치 경제 리더들과 친분이 깊은 걸로 알아. 부회장이라면 그 사람 아들이었나? 그쪽 사람들을 알아보려면 내가 아니라 권력이 있는 자들을 추궁해야 할 거야."

은영은 권력자들까지 건드렸다가는 지금의 수사도 못 하게 될 것이라 판단했다. 설마 거기까지 갈 필요는 없겠지 싶었다. 한숨이 나왔다. 그런 다음 파이잘이 어학원 원장의 배경에 대해 알아낸 것에 대해 물었다. 파이잘은 의자에 등을 기대고 설명했다.

"저기, 거리 보이지? 저 모텔 중에 한국인들이 자주 애용하는 곳이 있긴 해. 아마 보안이 좀 되고 서로 얼굴 볼 일이 없게 관리되어서 그런가 봐. 무엇보다 마약을 몰래 구매할 수가 있거든. 내가 알기엔 모텔업자와 손잡은 거리 갱단이 마약을 제공해. 그 원장도 저 모텔을 가끔 이용했다고 하더군. 학생들을 데리고 노래방에 클럽에 돌아다니다가 여자들 불러서 놀았다고 하더라. 마약에 손댔는지는 모르겠어. 가게 주인들 말 들어 보면 그 정도 배짱은 없어 보이던데? 뭐, 꼴에 교육자라서 그랬나 봐? 근데, 크리스틴은 어떻게 인도네시아어도 하고 영어도 잘해? 여기 살았어?"

역시 범죄는 그 모양과 장소만 바뀌었을 뿐, 여전했다. 은영은 원장이 학생들을 이용해 여러 가지 돈벌이를 했다면, 혹시 그와 관련된 일에 동생이 나섰다가 봉변을 당했나 싶었다. 어디에 동생의 흔적이 남아 있을지 고민해 보고 수사를 이어 가야 한다고 생각했다. 파이잘이 궁금하다는 표정으로 은영을 뚫어지라 쳐다보고 있기에 답을 해 줬다.

"응, 어릴 적에 부모님 따라와서 한 6년 살았어. 인도네시아어는 많이 까먹었지. 그래도 다시 쓰니까 생각이 나더군. 파이잘도 영어 잘하네?"

그러자 파이잘이 으쓱해서 설명했다.

"뭐 국제 학교나 유학 다녀올 정도로 잘사는 집 애들은 당연히 영어 잘하겠지만, 나 같은 고아 출신 애들은 영어 배울 일이 없지. 가난한 집안이라면 식비 벌기도 빠듯한데 애를 계속 학교에 보낼 수가 있겠어? 나는 목사님 덕분에 그나마 중학교 졸업도 했고, 발리에서 잠깐 서비스 업계에 몸담아서 그래. 인도네시아에서 영어 제일 잘 쓰는 데가 발리지. 발리에 가 봤어? 내가 투어시켜 줄 수 있으니까 언제든 말만 해."

은영은 피식 웃음이 나왔다. 정말 그럴 마음의 여유가 다시 돌아올지 모르겠다는 생각이 들었다. 이러고 있을 시간에 뭐라도 더 알아봐야 한다는 생각이 들었다. 그래서 파이잘을 밀어붙였다.

"그 호텔과 부회장에 대해 알아봐 줄 수 있어? 그쪽 포주들이나 매춘부에게 알아봐 주면 좋겠어."

잠깐 돈 벌 생각에 신이 났던 파이잘이 인상을 찌푸렸다. 은영은 고생을 시킬 것이 뻔한 탓에 미리 준비해 온 봉투를 테이블 위로 꺼내 놓았다. 파이잘은 '응?' 하는 표정으로 봉투를 내려다보았다.

"뭐든 알아내 주면 또 감사의 표시를 해 줄게. 네 비밀은 절대 목사님께 누설하지 않을 거야. 듣자 하니, 너 동생 학비를 벌고 있다던데, 나도 그 심정 잘 알아. 잘 도와주면 대학교 입학금 내가 줄 수도 있어. 그리고 위기에 처하면 내 이름을 말해, 무조건 내가 시킨 걸로. 내가 다 책임질 거니까."

음, 하고 생각에 잠겼던 파이잘이 천천히 고개를

끄덕였다. 그는 봉투를 집어 들고 말했다.

"좋아, 그 말 기억할게. 이건 나도 돌아다니려면 필요하니까 고맙게 받을게. 나 일할 시간에 너 돕는 거거든. 생각해 보니까 엘리트 고객 모시는 포주를 아는 호텔 친구가 있네. 그쪽으로 알아볼게. 넌 뭐할 건데?"

은영은 고맙다는 뜻으로 미소 지었다. 아무래도 어학원 학생들과 동생 사이에 일이 있었는지 알아봐야 할 것 같았다.

"나는 원장이 데리고 다녔던 학생 중에 혹시 악질이 있는지 알아볼 생각이야. 그럼, 뭐든 알아내면 바로바로 전화해 줘."

파이잘은 알았다고 고개를 끄덕였다. 은영은 식당에서 나와 파이잘과 헤어지고 어학원 원장의 집으로 향했다.

원장의 집은 고급 주택가에 자리 잡고 있었다. 적어도 각각 40평 이상은 되어 보이는 앞뒤 마당이 있는 2층 집이었다. 도대체 그동안 얼마를 긁어모은 것인지 고개가 저어졌다. 문을 두드릴까 하다가 은영은 문 앞을 향한 감시 카메라를 보고서는 영사의 경고를 기억해 증거가 남지 않는 다른 방법을 택했다. 카메라가 없는 뒷문으로 돌아가 늘 챙겨 다니는 송곳 키트를 꺼내 문 사이를 훑어 전선을 끊고, 몇 번의 시도 끝에 잠금 장치를 열었다. 경보가 울리지 않자 문을 열고 조용히 안으로 들어갔다.

집 안에는 아무도 없었다. 1층에는 응접실, 부엌, 손님 방이 있었고 2층에는 침실, 거실, 화장실, 베란다 가 있었다. 이층 거실 벽에도 학원처럼 각종 졸업장, 상 장, 위촉장, 면허증, 학원과 행사 사진들까지 액자에 담 겨 전시되어 있었다. 어지간히 자랑하기 좋아하는 놈 이다 싶었다. 그중 경비가 알려 줬던 관광청 명예 홍보 대사 기념사진도 보였다. 한국인과 외국인이 함께 나 란히 일렬로 서서 카메라를 보고 웃고 있었다. 그들 중 피살당한 문 사장의 모습을 발견하고 은영은 미간을 찌푸렸다. 예나 지금이나 외국 땅에서 한국인들은 서 로 알고 지내는 경우가 허다하다 싶었다. 그로 인해 혜 택도 있지만, 단점도 있다. 원하든 원치 않든, 해외에서 소수인 외국인이 되면 국가를 대표하는 사람이 되고 만다는 것이다. 은영은 동생이 이런 자와 알고 지냈다 니 씁쓸했다. 그때, 밖에서 게이트가 열리고 차가 들어 서는 소리가 들렸다. 은영은 베란다로 나가 가만히 내려다봤다. 원장이 차에서 내렸는데 반대쪽에서는 어떤 현지 여성이 내렸다. 은영은 어이가 없어 콧방귀를 뀌고 다시 조용히 거실로 들어갔다. 곧 현지 여성이 2층으로 올라왔다. 은영은 뒤에서 몰래 다가가 한쪽 팔을 뒤로 잡아 입을 막고 조용히 하라 지시했다. 벌벌 떠는 여성의 양손을 커튼 끈으로 묶고 양말을 입에 물게 해 청테이프로 막은 뒤, 원장이 올라오기를 기다렸다. 원장은 와인 병과 술잔 그리고 안주를 챙겨 쟁반에 담아 들고 휘파람을 불며 계단을 올라 2층 거실에 들어섰다. 소파에 여성이 묶인 채 앉아 있는 모습을 보자마자 놀라 쟁반을 떨어뜨릴 뻔했지만, 겨우 테이블에 내려놓았다. 은영은 그 뒤에서 천천히 걸어와 원장의 머리에 펼친 삼단봉을 갖다 댔다. 바짝 얼어붙은 원장이 슬며시 고개를 돌리더니 은영을 알아보고 두 눈을 질끈 감으며 투덜댔다.

"아이 씨, 나 진짜…… 또 뭐예요오? 제발 좀 그만하세요. 동생분 여권은 안 팔았다니까요! 경찰이 다 뒤져 봤다면서요, 나는 진짜 더는 아는 게 없다고요!"

은영은 청테이프로 원장의 양손을 묶고 여성 옆에 앉혔다. 풀썩 여자 옆에 앉은 원장이 한숨을 푹푹 내쉬었다. 은영은 원장에게 조용히 하라 입술에 손을 대며 마주한 작은 의자에 앉았다. 그 모습에 마지못해 원장이 끄덕이며 입술을 깨물었다. 은영이 질문했다.

"덕분에 여권은 못 찾았죠. 듣자 하니 학생들 데리고 유흥가를 들락거렸다는데, 마약에 손대거나 범법을 저지를 만한 놈들 알아요? 학원에 다니다 내 동생이 목격하거나 만났을 수도 있는 자들 말이에요."

원장은 묶인 손을 들어 볼을 긁으며 갸웃거렸다. 모른다는 표정이었다. 은영은 여자를 보며 덧붙였다.

"두 분 만난 지 얼마 안 된 사이인가요? 여자 친구가 괜찮은지 확인도 안 하시네. 함께 경찰서에 가서 무슨 사이인지 밝혀 볼까요?"

여자가 자신에 대해 말하는 걸 눈치채고 원장과 은영을 번갈아 보며 고개를 저었다. 은영은 여자에게 다가가 입에 붙인 청테이프를 떼어 주었다. 은영이 원장을 가리키며 남자 친구냐 묻자, 여성은 아니다, 돈만 받았다며, 아무에게도 말 안 할 테니 풀어 달라 했다. 은영은 고개를 끄덕이고 다시 여성의 입을 막고 의자에 다시 앉아 말했다.

"여기선 어떤지 몰라도, 한국에서 성매매는 불법

이죠. 게다가 학생들에게 알선까지 하셨다니, 뭐 징역은 떼어 놓은 당상이네요. 이 집과 외제 차도 몰수 대상이고요."

원장은 고개를 푹 숙이고 괴로워했다. 은영은 다시 물었다.

"이제 좀, 떠오르는 이름 있어요?"

한동안 머리를 손으로 잡고 있던 원장이 쿨쩍이더니 고개를 들고 말했다.

"내가 직접 본 적이 없으니 이름까진 모르고, 예전에 학원에 다니던 놈 중에 모텔에서 살다시피 한다는 애들에 대해 들은 소문은 있어요. 옮겨 간 학원이랑 자주 간다는 모텔 이름은 알려 줄 수 있어요."

탐탁지는 않았지만 그래도 조사해 볼 곳을 알게 되었으니 은영은 자리에서 일어나기로 했다. 그리고 두 사람의 모습을 사진 찍어 보여 주며 자수하지 않으면 체포영장을 받아 오겠다 강조했다. 은영은 여성을 풀어 주고 연락처를 받은 뒤, 집 밖으로 나와 거리를 걸어가며 속으로 빌었다. 제발 동생이 나쁜 놈들 눈에 띄지 않고 어딘가에 살아 있기를…….

11

디아, 릭, 세 명의 보디가드, 그리고 어떤 남자를 태운 요트가 또 다른 섬에 도착해 해안에 내렸다. 조금 작은 규모의 섬이지만 음산한 기운이 넘치는 곳이었다. 남자는 눈을 가리고 양손이 묶인 상태로 보디가드가 이끄는 대로 무리 중앙에서 씩씩대며 따라갔다. 곧이어 해변을 지나 수풀 속으로 들어가자 작은 돌상들이 에워싼 평지에 도착했다. 디아는 평평하게 깎인 긴 돌에 앉았고 보디가드가 그 앞 땅에 남자를 꿇어앉혔다. 보디가드와 릭 모두 총과 칼이 든 주머니를 옷 밖으로 꺼낸 뒤, 남자의 눈가리개를 풀어 주었다. 부리부리한 눈매의 중년 남자는 두 눈을 질끈 감았다가 뜨며 인상을 썼다. 한쪽은 애꾸눈이었지만, 자신 앞에 앉은 사람이 누군지 알아보고 콧방귀를 뀌었다. 디아도 상대가 자신을 알아보자 씩 미소 짓고 입을 열었다.

"오랜만이에요, 경감님. 생각보다 많이 늙으셨네요, 이렇게 쉽게 끌려오시다니. 제 어릴 때 기억으로는, 남자 둘쯤이야 꼼짝 못 하게 할 정도로 강하셨는데 말이죠."

카악, 하고 마른침을 모랫바닥에 뱉은 경감이 대꾸했다.

"회장 계획을 다 알았나 보구나. 역시 총괄 매니저 답네. 아, 이젠 최고 경영자라고 불러야 되나? 근데 어쩌나, 대선이 끝나면 그 회사도 공중분해될 텐데. 넌 뭐 하고 살 생각이니? 노후 계획은 짰어?"

홋, 디아가 방긋 웃었다. 말이 통하는 친구가 여기 있었네 싶었다. 후회 없는 선택이었다는 생각이 들었다. 바로 본론으로 들어가기로 했다.

"회장님 옛 부하들 싹 처리한 건 아시죠? 다 새로 뽑는다기에 명단까지 정리했는데, 알고 보니 다 공무원들이지 뭐예요? 회장님이 이젠 뒷세계 사람들과 말도 섞기 싫어지셨나 봐요. 딱, 한 사람, 경감님만 빼고."

디아가 손짓하자 수풀 뒤에서 원주민들이 여러 명 걸어 나와 돌상 사이 사이에 와 섰다. 몇 명은 손에 긴 창을 들고 있었다. 그들을 본 경감은 아차 싶었는지 긴장했다. 원주민 중 근엄한 표정의 노인이 무언가 중얼거리기 시작하자 나머지도 기도를 따라 하기 시작했다. 디아가 경감을 향해 상체를 숙이고 말했다.

"바탁 원주민 출신이시니까 배신자를 어떻게 하는지 잘 아시죠? 아, 이분들 거의 다 기독교인이시고 사회 활동도 활발하신데, 특별히 와 주신 거예요. 당신이 반 부정부패 기관 청장 자리에 오르기 위해서 마약 혐의를 씌워 사형에 처한 아들과 딸들을 대신해서. 옛 방식이지만, 식인 풍습은 살아 있는 제물만 있으면 충분히 재현 가능하죠. 저도 조금 맛 좀 보고 갈까 해요."

경감은 침을 꿀꺽 삼키고 원주민들을 돌아보았다. 이제는 기도가 아닌 저주로 들리기 시작했는지, 이마에 식은땀이 맺혔다. 경감이 디아에게 물었다.

"뭐, 뭘 어쩌라는 거냐, 원하는 게 뭐야?"

듣고 싶었던 말이라는 표정으로 디아가 상체를 세우고 돌 위에서 일어났다. 릭에게 눈짓하자 그는 돌 위판을 힘껏 밀었다. 그리고 돌로 만든 관 안에 꽁꽁

묶인 채로 누워 있던 젊은 청년의 목덜미를 잡아 일으
켰다. 경감은 아들을 알아보고 숨을 내쉬었다. 디아는
모래에 뒤덮여 눈도 제대로 뜨지 못하는 청년을 바라
보며 경감에게 제안했다.

"앞으로도 쭉 회장님 곁에서 일하시면서 제 눈과
귀가 되어 주시면 됩니다. 경감님을 살려 보내는 대신,
잠시 아드님은 원주민들과 있을 거에요. 일이 마무리되
면 그때 데리러 오시면 됩니다. 이해하셨나요?"

경감은 입술을 깨물며 끄덕였다. 디아도 고개를
끄덕였다. 이어서 릭이 경감의 아들을 원주민들에게 넘
겼다. 그들은 곧 수풀 속으로 사라졌다. 경감이 원주민
들이 간 쪽을 멍하니 보고 있으니 디아가 말했다.

"걱정 마세요. 저들은 아드님보다 경감님을 원하
니까요. 자, 그럼 회장님이 부르실지 모르니 본섬으로
돌아가시죠."

디아는 몰래카메라와 추적장치가 숨겨진 휴대 전
화기를 경감에게 보여 주고 그의 셔츠 주머니에 넣었
다. 경감은 풀이 죽은 표정으로 한숨을 내쉬었다. 보디
가드는 다시 그의 눈을 가리고 일으켜 세웠다. 그리고
모두 다시 요트로 돌아가 타고 바다 한가운데로 달려

나갔다.

어두운 조명의 강당에 사람들이 가득 모여서 앞쪽 화면에 뜬 홍보 영상을 보고 있었다. 붉은색 위주의 고풍스러운 내부는 궁을 흉내 낸 듯했다. 영상은 지난날 중국계 인도네시안에 대한 역사를 보여 주었는데, 폭동, 학살, 경제 제재, 시민권 제한, 대선 참여 권한 불허와 같은 주요 사건을 시간 순서대로 엮었다. 그러고 나서 중국계 인도네시안이 기업가 또는 엘리트로서 국가에 얼마나 이바지하는지 숫자와 도표로 보여 주고, 올해 열릴 대선에 나서는 후보자들 이미지가 떴다. 마지막 후보자 이미지가 빈칸으로 뜨자, 불이 켜지고 사회자가 오늘의 초대 손님을 소개했다.

"신사 숙녀 여러분, 인도네시아 중국인 협회는 이번 대통령 선거에 출마할 새로운 후보를 환영합니다. 이 지역 최대 기업의 설립자이자 명예 회장이며, 뛰어난 비전의 리더, 이 땅의 아들이신, 찰스 주소프 경을 소개합니다!"

환영의 박수가 시작되자 옆문으로 입장해 단상을 향해 걸어오는 회장, 찰스 주소프는 사람들에게 미소 지으며 손을 흔들었다. 그러고는 앞줄에 앉은 군복의 남자를 보고 고갯짓으로 인사를 건넸다. 고개를 끄덕이며 인사를 하는 남자의 군복 명찰에 '아이잭 주소프'라고 쓰여 있었다. 단상 위로 올라간 찰스가 청중을 향해 침울하지만 강경한 목소리로 말했다.

"인도네시아의 민주주의는 너무나 긴 시간 동안 우리를 실망시켰습니다. 1950년대에 제 가족은 그저 중국계라는 이유만으로 본토로 추방당했습니다. 그리고 중국의 문화혁명을 겪으며 선조의 나라 밖에서 온 외부인으로 낙인 찍혀 고군분투했습니다. 저들은 우리가 이바지한 바를 모두 무시하고, 우리의 뛰어난 무역과 국제 관계 능력 덕을 보면서도 우리의 의도를 의심합니다."

찰스는 비장하게 숨을 들이켜고 이어 갔다.

"저는 이날을 학수고대해 왔습니다, 여러분. 기대에 부응하고 부름에 답하도록 준비했습니다. 그 누구의 검증이나 조롱 없이, 당신과 저의 것을 당당히 쟁취하도록 말입니다! 왜냐하면, 바로 우리가 이 나라의 진정한 부미푸트라*이기 때문입니다!"

* 토착민 또는 원주민.

그의 마지막 외침에 모두 자리를 박차고 일어나 우레와 같은 갈채를 보냈다.

디아는 섬 저택의 2층 서재에서 경감의 몰래카메라로 전송되어 온 찰스의 중국인 협회 연설 영상을 보고 나서 의자에 푹 기대어 앉았다. 그가 수년간 후원해왔던 그의 친척이자 반군 게릴라 지도자 출신의 현 주지사인 아이잭 주소프의 얼굴도 확인하고 나니 끝을 모르는 회장의 야망에 절로 고개가 저어졌다. 그때 경감의 휴대 전화기에서 전화가 걸려왔다. 가만히 귀에 대니 경감의 목소리가 전화기 너머로 들려왔다.

"정말 사람 놀라게 하는 데 최고이십니다, 회장님. 20년이 지나서 후보자로 등장하시다니."

아마 두 사람이 연설 후 인사를 나누는 것일 터였다. 영상을 켤 수 없으니 음성만 전달하는 모양이었다. 곧이어 찰스의 말도 들려왔다.

"그동안 청의 윗자리로 고속 승진했다고 들었소, 경감님. 축하합니다."

디아는 조용히 두 사람의 대화를 들었다. 경감이 말했다.

"감사합니다. 하지만 도청 권한과 정부 불간섭에

도 반 부정부패 기관의 힘이 아직 충분하지 않네요. 나한테 이 짓을 한 놈도 아직 못 잡았어요."

잠깐 조용하더니 경감이 다시 말했다.

"찾으시는 게 이런 건지 모르겠는데, 디아에 대해 캐낸 건 이게 다입니다. 최근 지시하신 청소와 부회장님 건 처리하고 나서 최고 경영자로 취임하기 전에 휴가를 떠난 상태입니다. 이거 말곤 특이사항 없습니다."

찰스도 디아를 감시하고 있었던 모양이었다. 디아는 피식 웃음이 나왔다. 전 부하들을 이용하지 못하니 경감을 시켰던 것이다. 찰스는 아무 말 없이 조용했다. 그러다 바스락거리는 소리가 나고 경감이 물었다.

"제 아이들 시켜서 어디서 뭐 하고 있는지 더 알아볼까요?"

그제야 찰스가 말했다.

"그럴 필요 없겠군, 수고했소. 자네는 대선 준비에 신경 써 주시고. 그럼, 다음 자리에서 봅시다."

그러자 경감이 인사했다.

"네 후보님, 그럼."

전화가 끊기나 했는데 통화 종료 신호가 들리지 않아서 디아는 계속 듣고 있었다. 달그락거리는 소리가 나더니 찰스의 음성이 들렸다. 누군가와 통화하는 듯했다.

"잘 지냈나 캡틴? 최근 동향은 어떤가?"

디아는 흠칫했다. 캡틴은 릭을 뜻하는 별명이었기 때문이었다.

그 옛날 찰스는 해적 두목이었던 릭의 양아버지를 죽이고 아이를 살려 주었는데, 어느 날 찰스가 그를 디아에게 넘겨주었다. 때는 디아가 회사에 입사해 영업 이사 비서로 일한 지 3년쯤 되던 해였다. 찰스가 인신매매업을 시작해 기반을 닦도록 믿고 맡긴 그의 왼팔이 있었다. 그를 통해 사업의 이익을 대폭 키우던 중, 찰스는 그자의 배신을 알게 되었다. 그리고 망설임 없이 부하를 처참하게 도살했다. 그 장면을 목격한 디아는 처음으로 자신을 보호해야 한다고 판단했다. 그 후, 같은 꼴이 되지 않기 위해 조심스럽게 자신의 힘을 키우고 회장을 견제하기 시작했다.

그 사건 후, 찰스는 디아에게 회사 및 뒷세계 일까지 맡기면서 릭을 이중 스파이로 만들어 디아에게 붙였던 것으로 판단할 수 있었다. 디아는 차분히 따져 봤다. 릭은 자신과 비슷한 처지에서 인재로 성장한 자다.

찰스와 어떤 약속을 했는지 모르지만, 그동안 그로 인해 해로운 일은 없었다고 되짚었다. 처음에는 디아 나름대로 릭을 시험했고, 여러 풍파를 헤쳐나가는 동안 아마도 자신을 더 믿고 따르는 자가 되어, 회장에게 불리한 정보는 전하지 않았나 싶었다. 확인을 위해 디아는 통화에 귀 기울였다. 찰스가 또 말했다.

"쯧쯧…… 또 그 섬에 갔구먼. 휴가를 갈 거면 제대로 갈 것이지. 내가 온 것은 알고 있지? 네 말대로 명단은 깔끔히 처리한 것 같구나. 다른 일은 없고?"

디아가 지금 꾸미고 있는 일에 대해선 릭이 언급하지 않은 것으로 판단할 수 있었다. 의아하면서도 뿌듯했다. 통화가 끝나 가는 시점에 우당탕 소리가 났다. 경감의 목소리가 들렸다.

"아, 제가 여기 어디 휴대 전화기를 흘리고 갔나 싶습니다. 찾아봐도 될까요?"

찰스는 헛기침을 하고 말했다.

"아, 그래요? 찾아보시오. 나는 저녁 약속이 있어서 나가 봐야겠군"

부스럭거리는 소리가 나면서 경감이 답했다.

"찾았습니다, 의자 밑에 떨구었네요. 실례했습니

다. 네, 저도 가 보겠습니다. 좋은 저녁 되십시오."

곧 전화기가 어딘가에 끌리는 마찰 소리가 들렸고 통화가 끊겼다. 그제야 디아도 통신을 종료했다. 경감이 전화기를 일부러 떨구는 기지를 발휘했거나, 아니면, 진짜 그냥 흘린 건지도 모르겠다. 어쨌든 디아는 생각지도 못한 정보를 알아 버렸다. 아무래도 캡틴, 릭을 주시하면서 일을 진행해야 한다고 생각했다. 아쉽지만, 끝까지 곁에 두고 싶던 인재마저 찰스가 망쳤다는 생각이 들면서 그를 끝낼 계획을 다시 꼼꼼히 머릿속으로 되짚었다. 디아는 메그에게 전화했다.

"메그, 수집 끝났나? 그래 좋아. 보안 철저히 하고, 자료 다 정리해서 섬으로 가져와. 내일 바로."

디아는 자리에서 일어나 훈련이 이어지고 있는 잔디 마당에서 애쓰고 있는 앨리스의 뒷모습을 내려다보았다. 탈출 계획을 위해 제보자를 심문해야겠다 생각하고 릭에게 연락했다. 정말 오랜만에 느끼는 긴장감이었다. 다시 새내기로 돌아간 것 같은 기분을 느끼며 차분하게 입을 열었다.

"제보자 인질들 데려와. 내일 아침 시험할 테니까."

릭이 대답했다.

"네, 알겠습니다, 매니저님."

전화를 끊고 잠깐 자리에 있다가 일어선 디아는 건너편 침실로 들어가 옷장 안에 넣어 둔 서류 가방을 꺼냈다. 혹여 계획이 틀어질 상황에 대비해야 한다 생각했다. 디아는 침대 위에 가방을 놓고 비밀번호를 눌러 열었다. 그리고 작은 총을 꺼내 장전해 옷 가방 위에 내려 두고, 숨을 크게 들이쉬었다.

12

섬 저택 3층, 화장실 안 샤워실에서 나온 은정은 수건을 두르고 몸 군데군데 맺힌 멍과 마찰로 까진 붉은 피부를 만져 보고 찡그렸다. 난생처음 이렇게 두들겨 맞고 던져지고 고꾸라지면서 운동을 하다니, 아직 두 발로 서 있는 게 신기할 정도였다. 동시에 도대체 왜 이런 고통을 견뎌야 하는지 의문이 끊이지 않았다. 최대한 빨리 여기서 벗어나 일상으로, 언니에게 돌아가고 싶었다. 과연 이 말도 안 되는 일이 끝이 있을지, 여기서 포기한다면 살아남을 수 있을지, 다 내던지고 싶은 처참한 기분이었다. 우울의 우물에 갇힌 듯 몸에 힘이 쭉 빠졌다. 타월을 두른 채 욕조에 기대어 바닥에 앉아 얼굴을 감쌌다. 어둠 속에 누운 기분에, 잠시 아무 생각도 하기 싫어 눈을 감고 숨만 쉬었다. 그러다 언니가 해 준 부모님 얘기가 떠올랐다.

예전 한때, 자카르타 도심은 폭도들에 의해 점령되었던 적이 있었다고 했다. 시민과 폭도가 뒤섞여 누가 누구인지 알 수 없을 정도로 사람들은 숨거나 도망치기 바빴다. 타이어가 불타고 부서진 물건들로 바리케이드가 쳐지는 등, 아수라장이 된 도시는 전기가 끊기고 뉴스 보도도 볼 수 없게 되자, 언니 은영과 부모님은 대사관으로 향했다. 차를 타고 어느 광장을 지나가던 중 어린 은영은 교회에서 자주 인사를 나눴던 전도사와 청년부 젊은이 두 명이 폭도들에 에워싸인 모습을 보고서 이를 부모님에게 알렸다. 그러자 부모님은 차를 세우고는 약속이라도 한 듯 행동했다. 어머니는 은영에게 뒷좌석 사이 바닥에 숨으라 지시했고, 아버지는 트렁크에서 평소 가지고 다니던 테니스 라켓과 공을 꺼내 들었다. 아버지는 근처 고급 상가 쪽 유리창을 향해 라켓으로 공을 때려 날렸다. 유리창이 깨지자 폭도들이 돌아봤다. 어느새 소화기를 들고 광장 옆에 숨어 있던 어머니는 폭도들이 상가 쪽으로 뛰어가자

남아 있던 자들을 향해 소화기를 뿌렸다. 그렇게 정신 없는 틈을 타 전도사와 청년들을 데리고 차로 돌아왔다. 폭도들은 여러 갈래로 나뉘어 상가를 털거나 아버지를 쫓아왔는데 어머니는 모두를 차에 태우고 시동을 걸어 차를 몰아 아버지 옆으로 달려갔다. 가까스로 폭도들을 따돌리고 차에 올라탄 아버지는 놀란 눈으로 부모님을 바라보는 은영을 쓰다듬으며 대사관에 무사히 진입했다.

그런 용감하고 강인한 부모님의 딸로 태어났다고 자신을 위로하자 기분이 약간 나아졌다. 어느새 자신도 모르게 흘러내린 눈물을 훔쳤다. 언니만큼 근육질도 아니고 키도 작고 심폐기능도 별로인 줄 알았는데 따져 보니 훈련할 기회가 없었던 거지 선천적으로 약한 몸은 아니라는 생각도 들었다. 마스터를 통해 배운 것은 대부분 공격을 당했을 때 빠져나오거나, 상대방에게 약간의 힘과 기술로 반격하는 정도의 기술이었다. 왜 이런 훈련까지 시키는지 디아의 정확한 계획은 아직 알 수 없었지만, 최악의 상황에서 목숨을 부지하기 위한 발악 정도는 되지 않을까 싶었다. 그때, 창문 너머로 비명이 들려왔다. 조금 기운을 차린 은정은 뭐지 싶어 몸을 일으켜 옷을 입고 화장실을 나와 베란다로 나가 내려다보았다. 마당 너머로 연결된 또 다른 정원에서 들리는 소리 같았다.

곧 아래층으로 내려가 마당을 가로질러 정원 벽 쪽으로 걸어가 닫힌 쪽문 틈으로 내다보았다. 디아, 그 옆에는 처음 보는 남자, 보디가드와 총을 든 또 다른 두 명의 부하가 어떤 남자를 에워싸고 있었고, 보디가드의 손에 잡혀 있는 양손이 묶인 여자와 아이가 흐느끼고 있었다. 은정은 놀라움과 긴장에 심장이 쿵쾅거렸다. 그때 디아가 말했다.

"선서의 표시로 원래 발톱 정도는 각오해야 하는데, 자네는 특별히 해 줘야 할 일이 있으니 놔두는 거야. 충성을 약속하겠는가?"

남자는 확신이 서지 않는지 머뭇거렸다. 그러자 디아의 눈짓에 보디가드가 여자를 남자 앞으로 데려갔고 목에 칼을 가져다 댔다. 피부를 긁기 시작하고 피가 보이자 남자는 비명을 지르듯 애원했다.

"매, 맹세해요, 시키는 대로 다 할게요! 그만, 아내를 놓아주세요! 제발!"

디아가 남자 곁으로 걸어가 그의 얼굴 가까이 마

주 서서 말했다.

"그 말 믿어 주지. 기억해, 아내와 아들의 목숨은 네가 어떻게 하느냐에 달려 있어. 아, 회장은 네가 이미 죽은 걸로 알고 있으니 신분을 바꿔야 할 거야. 얼굴 좀 고쳐야겠네. 어디가 좋을까?"

은정은 끔찍한 상황에 자신도 모르게 신음이 새어 나갔다. 그 소리를 들었는지 디아가 상체를 펴고 섰다. 그런 뒤 천천히 은정이 서 있는 쪽문을 향해 돌아봤다.

"거기 나와."

은정은 자신을 부르는 소리에 등골이 오싹했다. 하지만 계속 가만히 서 있을 수도 없어서 겨우 발을 떼고 쪽문을 밀었다. 디아가 은정을 보고 숨을 내쉬었다. 은정은 침을 삼키고 디아를 가만히 바라봤다. 남성은 아내와 마주 보며 서럽게 울고 있었다. 그 모습에 자신과 언니가 겹쳐지자 슬픔에 동화되었다. 은정은 자신도 모르게 입을 열었다.

"당신들도 가족이 있지 않나요? 사람을 꼭⋯⋯ 이렇게까지 해야 하나요?"

은정은 말하다 보니 서러움이 일어나 목소리가 점

점 커졌다. 디아와 나머지 사람들은 조용히 은정을 쳐다봤다. 은정은 억한 감정이 치솟아 올라 말을 끊지 못했다.

"디아, 당신 도대체 무슨 일을 꾸미는지 모르지만, 이건 아니죠. 사람이 이러면 안 되죠! 다 똑같은 인간이잖아요!"

디아는 콧방귀를 뀌더니 보디가드의 손에 잡힌 아이를 은정 앞으로 데려와 은정의 손에 뒷덜미를 잡게 해 주었다. 그리고 두 눈을 노려보며 말했다.

"그래? 그럼 네가 살려 봐. 이 섬을 살아서 빠져나갈 수 있어? 저들은 이미 죽었어야 하는데 내가 살려서 여기까지 데려온 거야. 왜? 목숨 따위 장난감처럼 여기는 회장보단 내가 나은 사람이니까. 고생한 대가로 그래도 살 기회는 주어야 하니까. 너라면 전쟁에서 몇 명을 구할 수 있는데? 네 목숨 하나도 겨우 부지하는 주제에."

디아의 추궁에 은정은 혼란을 느꼈지만 심지를 굽히지 않고 대꾸했다.

"전쟁 속에서도, 적이라도 같은 사람이잖아? 함부로 목숨을 빼앗을 게 아니라 다른 방법을……."

순간, 디아가 은정의 목을 쥐었고 은정은 놀라 양 손으로 디아의 손을 떼려 발버둥쳤다. 배운 기술을 써 보려 했지만, 어찌 된 일인지 더욱 몸에 힘이 빠져나가 는 것을 느끼며 눈앞이 흐려졌다. 디아가 은정에게 억 누른 목소리로 경고했다.

"앨리스, 까불지 마. 너는 내 자비로 지금 살아 있 는 거야. 선택받았다고 널 죽일 수 없는 건 아니거든. 나는 더 큰 재앙을 막으려는 거야. 필요하다면 너뿐만 이 아니라 그 누구든 이용할 거야."

은정은 디아의 목소리가 멀어져 감을 느꼈다. 결 국 디아의 손을 떼지 못하고 맥박이 느려졌다. 그제야 디아가 손을 뗐고 은정은 땅으로 쓰러졌다. 발아래 놓 인 은정을 가만히 내려다보는 디아의 모습이 점점 희 미해졌다. 은정은 죽는 것이 이런 걸까 생각하는 동시 에 정신을 잃었다.

꿈속에서 잠깐 언니를 본 것 같았다. 죽은 자신 의 시체를 확인하는 언니의 모습이었다. 언니는 싸늘하 게 식어 버린 자신의 얼굴을 쓰다듬으며 말했다. 일어 나, 난 절대 너를 포기하지 않아. 내가 꼭 너를 찾아낼 게……

다시 눈을 떴을 때 은정은 자신이 소파에 널브러져 있다는 것을 깨달았다. 식은땀이 흐른 티셔츠의 목이 축축했다. 언니가 몹시 그립다는 생각에 함께했던 시간이 얼마나 소중했는지 새삼 떠올리며, 잠시 눈을 뜬 채로 누워 있다가 고개를 돌렸는데, 건너편 의자에 앉아 자신을 보고 있는 디아를 발견하고 화들짝 놀라, 서둘러 몸을 일으켜 앉았다. 그 모습에 디아가 피식했다. 얼음이 든 칵테일을 마시며 디아는 은정 앞 작은 상에 놓인 물을 가리켰다.

"정신이 들어? 물 좀 마셔."

은정은 앞에서 있던 일은 없었다는 듯, 아무렇지 않게 위해 주는 디아가 무섭게 느껴졌다. 꿍 하고 어정쩡하게 손을 뻗어 앞에 있는 물을 마셨다. 죽었다 깨어난 것 같아, 다행이다 싶었다. 잔을 내려놓으며 앞을 보니 어떤 정장 스커트와 블라우스 차림의 여성이 노트북을 들고 와 섰다. 디아가 여성을 돌아보고 고개를 끄덕였다.

"그럼, 보고 시작하겠습니다."

여성이 리모트 버튼을 눌러 거실 커튼을 드리우고 벽 버튼을 눌러 조명을 어둡게 했다. 소형 프로젝터를 상 위에 올려 벽에 쏘니 노트북 컴퓨터 화면이 연동되어 보였다. 여러 개의 문서와 사진이 나란히 떴다. 은정은 이게 뭐지 하는 표정으로 화면을 바라봤다. 자필로 서명된 계약서, 수입 입금처와 목록이 적힌 은행 문서, 유산 보증서, 토지 문서, 빌딩 문서, 등인 것 같았다. 모든 문서에 찰스 주소프라는 서명이 보였고 다른 이들의 자필 사인이 보였다. 여성이 설명했다.

"찰스 회장이 2000년 직후 최근까지 자신의 이름의 해외 계좌로 송금한 내역과 자금이 사용된 여러 페이퍼 컴퍼니의 투자처입니다. 자금을 받은 자들에 대한 프로필과 위반 내용은 따로 정리했습니다. 그 외 현금이 쓰인 액수와 정확히 매칭되는 구매 물품 영수증과 수령자도 정리되어 있습니다. 보시는 사진은 영상에서 캡처한 것입니다. 영상 배경 정보와 링크, 피해자 명단과 유기 장소는 목록으로 따로 작성되어 있으니 참고 바랍니다."

그리고 사진이 떴는데, 은정은 초점을 맞추느라 눈을 찡그렸다 다시 뜨고 바라봤다. 흑백이나 흐릿한 컬러 사진은 특정 인물의 얼굴이 가장 잘 보이는, 감시 영상에 찍힌 현장 모습이었다. 총이나 검, 인두, 채찍

또는 철봉을 휘두르는 남자의 얼굴, 쓰러지는 피해자의 몸이 나뒹굴고, 주변을 지키고 있는 부하들의 손과 다리가 보였다. 핵심 인물의 변화하는 모습을 봤을 때, 은정은 적어도 10여 년에 걸쳐 발생한 사건들이라 추측했다. 그저 죽이기 위한 동작이 아니라 게임을 하는 듯 도취한 표정이었다. 은정은 소름이 끼쳐 할 말을 잃어버린 표정으로 사진을 바라봤다. 수십 장의 사진이 지나가고 보고를 마친 여성이 프로젝터를 껐고 조명을 다시 켰다. 디아가 은정을 돌아보고 말했다.

"저게 찰스의 본 모습이야. 이제 알겠니? 내가 왜 이렇게까지 하는지?"

디아가 맞서고 있는 사람이 어떤 자인지 좀 더 확실해졌다. 겨우 어깨를 펴고 숨을 내쉬었다. 잡혔던 목이 살짝 뻐근했다. 아까 당한 건 그냥 목졸림이 아니라 무슨 혈을 잡는 기술 같았다. 디아 또한 찰스 못지않게 보통 사람이 아니라는 생각이 들었다. 디아가 여성에게 가 보라 지시했다. 여성은 디아에게 인사하고 노트북과 가방을 내려놓고서 저택을 나갔다. 디아가 거실 앞에 오더니 휴대 전화기와 프로젝터를 연결해 영상을 보여 주었다.

어떤 중국계 남자가 연단에 와서더니 청중을 움직이는 목소리로 연설했다. 대선 출마 선언이었다.

은정은 그가 바로 사진 속 남자와 동일인물임을 깨달았다. 문득 인도네시아를 공부했던 내용 중 세계에서 악명 높은 독재자가 떠올랐고, 디아가 앞서 나라를 망가뜨릴 인물이라 했던 말이 생각났다. 그 높은 곳이라는 게 바로 대선을 뜻한다는 것도 이해했다. 디아도 무섭지만, 저런 사람이 나라를 통치한다면 어떻게 될지 몸서리쳐졌다. 디아가 은정 앞에 와 앉아 말했다.

"너는 지금이 가장 무서울 거야. 근데 나는 거의 평생을 저런 자를 위해 일하며 공포와 함께 살았지. 물론, 내 죗값도 치러야 한다는 사실을 알아. 그럴 각오도 했어. 그러니, 너는 딱 하나만 해 주면 돼. 살아 나가서 이 모든 걸 세상에 알리는 일. 할 수 있지?"

은정은 자신이 겪은 일을 되짚으며, 디아가 부탁하는 일이 정의를 세우는 일이라면 하지 못할 것도 없다는 생각이 들기 시작했다. 디아가 끔찍한 어린 시절을 보냈고 범죄를 저지른 것은 사실이지만, 지금의 악인이 미래에 변화하지 못할 것이라 보는 것도 성급한 결론일 것이다. 점점 디아가 이해되는 동시에, 은정은 자신이 과연 이 거대한 범죄 세계를 무너뜨릴 열쇠일지 끊임없이 자문했다. 동시에, 이런 경험을 하고서도, 그저 살아남아 원래의 삶으로 돌아가는 것만이 능사가 아닐지도 모른다는 느낌도 들었다. 여전히 왜 다른 누구도 아닌 자신에게 이런 일을 시키는지도 이해할 수 없었기에, 온갖 고민이 뒤섞여 갈팡질팡했다. 그런 자신을 잠시 바라보던 디아가 보디가드를 불렀다.

디아는 바람을 쐬러 가자며 은정을 차에 태웠다. 곧이어 이들은 요트를 타고 어디론가 향했는데, 이번에는 술을 제조하는 공장이 세워진 섬이었다. 수십 명의 직원들이 생산 라인에 서서 술을 담는 병도 제작하고 있었다. 지금까지 봤던 것과 달리 매우 깔끔한 환경에 품질이 높은 공산품으로 보였다. 그중 가장 화려하게 크리스털과 보석으로 마무리된 술병을 확인한 디아가 은정을 향해 씩 웃으며 말했다.

"내 회사가 제조하고 공급하는 제품 중에 가장 고급이야. 세계에서 몇 안 되는 술이지. 그래도 대선 후보자인데 이 정도 선물은 해야겠지?"

은정은 공장은 왜 보여 주나 싶었지만, 그저 고개를 끄덕였다. 디아는 술병을 부하에게 건네며 뭔가 지시했다. 곧이어 은정은 디아를 따라 공장 밖에 있는 자재 보관실로 들어섰다.

안에 아무도 없는가 싶었는데 나무 상자들 사이에 비닐로 덮인 무언가가 보였다. 디아가 부하에게 손짓하자 비닐을 치웠고, 그 속에 어떤 한국인 남자가 포박되어 끙끙거리고 있었다. 은정은 그의 얼굴이 기억났다. 놈은 에리카의 한국인 남자 친구 K였다. 은정은 어리둥절해 디아를 돌아봤다. 그러자 그녀 옆의 부하가 은정에게 다가와 사진을 보여 주었다. 침대 위에서 양손을 그은 채로 죽어 있는 에리카의 끔찍한 모습을 보자마자 은정은 입을 틀어막았다. 부하가 설명했다.

"앨리스, 당신이 저자의 뒤를 밟고 난 뒤, 그의 갱단이 에리카를 잡아다 복수로 고문하고 강간했습니다. 그 직후 에리카는 자살한 모습으로 모텔에서 발견되었습니다. 당시 정황이 감시 카메라 영상에도 담겨 있습니다."

치솟는 분노와 허망감에 사진을 받아 든 손이 부들부들 떨렸다. 부하가 사진을 거두자마자 은정은 자신도 모르는 사이 K에게 돌진해 멱살을 잡았다. 너무 기가 막힌 나머지 한마디도 못 한 채, 두 주먹만 핏줄이 서도록 힘을 줄 뿐이었다. 디아는 그런 은정 옆으로 다가와 남자의 입막음을 풀어 주었다. 그러자 K는 숨을 헐떡이고서는 변명하기 급했다. 그는 영어도 한국어도 아닌 뒤죽박죽된 말로 소리 질렀다.

"사, 살려 줘, 난, 아무 짓도 안 했어, 정말이야. 걔는 한국 남자라면 껌뻑 죽었다고! 나만 그런 게 아니야! 당신들 누구야? 나 한국 사람이야, 내가 여기서 죽으면 국제 문제라고, 알아? 저기, 너도 한국 사람이지? 나 좀 도와주라, 같이 살아서 나가야 할 거 아니야? 응? 날 함부로 대한 거 까짓 거 내가 다 용서해 줄게! 없었던 일로 하자고!"

은정은 더는 참지 못하고 K의 뺨을 때리고 말았다. 그리고 주먹을 쥔 손을 들자 디아가 은정의 손목을 잡았다. 은정은 울분에 충혈된 눈으로 디아를 돌아봤다. 디아가 은정에게 제안했다.

"내가 죽여 줄까? 이런 놈과 똑같은 놈들 수천 명은 더 있지. 외국인, 현지인 가릴 것 없이, 모두 자발적으로 범죄에 참여하고 있는 거야. 회장의 조직은 이런 놈들 덕분에 클 수 있었던 거고. 에리카에 대한 사죄는 물론이고, 너, 우리 모두 사는 방법은 뭐겠니?"

은정은 가슴을 후비는 원통함에 눈물을 흘리고 말았다. 지금까지 자신이 보지 못했던 세상의 부조리, 무고한 사람들이 당했을 모든 고통이 상상이 되었다. 은정은 자신이 살아 돌아가는 것보다 어쩌면 이 기회를 통해 자신의 무지에 대한 속죄를 할 수 있지 않을까 생각하기에 이르렀다. 은정은 서서히 주먹 쥔 손의 힘을 풀었고, 디아가 그 손을 놓아주었다. K를 노려보던 은정은 이를 갈며 디아에게 말했다.

"이 거지 같은 놈들, 그 회장이란 작자, 모두 부서 뜨리는 거라면, 할게요. 내가 도울게요."

디아는 숨을 내쉬고 은정을 향해 미소 지었다. 곧이어, 부하들이 K를 옮기려 하자 은정이 덧붙였다.

"그래도 살인은 안 돼요. 저 새끼 경찰에 넘겨 주세요, 부탁입니다. 내가 모은 증거와 함께."

그 말에 부하가 디아를 바라봤고, 디아는 은정을 향해 고개를 끄덕이고 부하에게 지시를 내렸다. 부하는 고개를 끄덕이고 K를 데리고 나갔다.

다시 저택으로 돌아온 은정은 훈련복으로 갈아입으며 차분해진 자신을 느꼈다. 잠시 후 마스터가 도착해 거실에서 기다리던 은정에게 다가와 인사를 건넸다. 은정은 일어나 공손하게 인사를 드리고, 이번에는 알아서 마당으로 나가는 유리문을 열어젖히고 걸어가 잔디 위에 섰다. 어차피 나갈 길은 이것 하나라는 사실을 부정하지 않기로 했다. 그렇다면 총력을 다해 싸우고 살아 남자고 결심했다. 그렇게 은정은 훈련을 기꺼이 받아들이며 곧 닥쳐올 위기에 대비했다.

13

릭이 운전하는 리무진 차 뒷좌석에 앉은 디아는 오늘이 디데이가 될 것이라 예상했다. 모든 준비는 마쳤다. 거리는 레드 카펫을 깔아 놓은 듯 막힘없이 펼쳐졌고 차는 그 위를 쭉 달려 나갔다. 협박 끝에 디아의 부하가 된 제보자는 새 신분을 주어 검찰 내부 거래를 완료했으며 구속 이후의 진행 사항도 따로 지시했다. 시간이 촉박해서 최고 경영자 취임식을 건너뛰었지만, 어차피 회사를 팔아 넘겨받을 자 또한 디아의 사람으로, 메그를 통해 준비해 두었다. 디아는 사용해 왔던 휴대 전화기 두 대를 초기화하고 핸드백 안에 넣었다. 옆에는 앨리스가 행색을 갖춰 입고 선물 상자를 손 아

래 두고 앉아 있었다. 디아는 자신의 설정에 맞춰 따라
준 앨리스의 변화에 속으로 흡족했다. 앞으로의 일에
대해 생각보다 흥분하고 있었다.

차는 거대한 부지에 펼쳐진 특급 호텔에 도착해
게이트를 지나 진입로를 따라 들어갔다. 호텔 로비 입
구 앞에 내리는 손님들이 보였다. 반은 경호원과 호텔
직원으로, 예상했던 대로 호텔 안으로 들어서는 이들
은 정치인, 경제인, 교육자, 엘리트 등의 유력 인사들이
었다. 디아의 차도 곧 멈춰 섰고 직원이 차 문을 열어
주었다. 드레스를 갖춰 입은 디아가 보디가드 없이 내
린 반대편에서 앨리스가 선물 상자를 들고 따라 내렸
다. 디아는 앨리스와 함께 북적거리는 로비를 지나 메
자닌 층을 향해 계단을 올랐다. 연회장 입구에 도착하
자 경호원이 막아섰는데 디아는 초대장을 건넸다. 경호
원은 디아와 앨리스를 수색하고 선물도 확인하더니 안
으로 들여보내 주었다.

클래식 연주가 울려 퍼지는 연회장 안으로 디아
와 앨리스가 들어섰다. 몇몇 사람들이 돌아보았다. 디
아는 행사장에 와 있는 세 명의 엘리트 반대 세력의 모
습을 확인하고 그들과 눈빛을 나눴다. 웨이터가 다가

오자 쟁반에서 샴페인 두 잔을 들어 앨리스에게 하나 건네주고 자신도 잔을 들었다. 그때, 팡파르가 울렸다. 모두 문을 향해 돌아보았다. 연주 음악이 웅장하게 바뀌고 찰스가 모습을 드러냈다. 환한 미소를 지으며 인자한 표정으로 연회장에 들어선 찰스는 사람들과 다정하게 인사를 나누며 걸어왔다. 그 바로 옆에는 그의 사촌 아이잭이 따라 들어오고 있었다. 마치 벌써 선거에서 이긴 것마냥 두 남자는 당당하기 그지없었다. 그들 뒤에는 경감이 뒤따르면서 디아와 잠깐 눈인사를 나눴다. 곧이어 찰스는 무도회장 앞, 중앙에 있는 테이블에 도착했고, 앉기 전에 주변을 둘러봤다. 디아와 눈이 마주치자 눈썹을 찡긋거리며 미소 지었다. 디아도 아무렇지 않은 듯, 일부러 반가운 표정을 지으며 고개 숙여 인사했다. 음악이 조금씩 잔잔해지더니, 무대 조명이 켜졌다. 찰스가 자리에 앉자, 아이잭은 샴페인 잔을 들고 성큼성큼 무대 위로 걸어 올라가 마이크 앞에 서서 연주를 멈추게 하더니 입을 열었다.

"신사 숙녀 여러분, 저는 아이잭 주소프입니다. 친애하는 제 삼촌, 제 후원자, 멘토, 기업가, 그리고 대선 후보인 찰스 주소프의 귀향 파티에 오신 것을 환영합니다!"

사람들 모두 무대를 향해 돌아보며 박수를 쳤다. 찰스도 사람들을 돌아보며 미소로 인사했다. 디아와 앨리스도 함께 박수를 쳤다. 아이잭이 손을 흔들더니 다시 말을 이어 갔다.

"아실지 모르겠지만, 찰스는 수년 동안 오늘을 준비해 왔답니다. 제가 정글에서 싸우고 거친 바다를 헤매는 동안, 그는 본토에서 고군분투하며 돌아올 길을 찾았지요. 저는 그의 인내, 성공을 향한 의지, 그리고 국가 최고 자리에 오르기 위해 도전하는 그의 배짱을 존경합니다. 경의를 표합니다, 찰스! 그의 도전을 위해 건배합시다! 건배!"

아이잭이 축배의 잔을 들자 사람들도 건배를 외치며 잔을 들었다. 찰스도 잔을 들어 아이잭을 향해 미소 지으며 샴페인을 마셨다. 디아도 잔을 들었고 샴페인을 한 모금 들이켰다. 얼떨떨한 표정의 앨리스만 주변을 돌아보며 가만히 서 있었다. 아이잭이 샴페인을 마시고 무대를 내려와 찰스와 또 한 번 건배를 나누는 동안 이어서 연회장 뒷문이 열리고 음식을 쟁반에 받쳐 든 수십 명의 웨이터가 걸어 나왔다. 사람들은 신이 난 표정으로 자리를 찾아 앉으며 음식을 즐기기 시작했다. 디아는 앨리스와 함께 찰스의 테이블로 다가가 인사를 건넸다. 찰스는 디아를 보자 자리에서 일어나 비주를 나눴다. 그리고 디아 옆에 서 있는 여성을 흘끔 보고 나서 디아에게 말했다.

"오랜만이구나, 디아, 건강해 보이는구나. 최고 경영자가 된 것을 축하한다. 취임식은 건너뛰었다던데, 아쉽구나."

디아는 찰스의 말에 고개를 끄덕이며 답했다.

"네, 오랜만입니다, 회장님. 멋지게 돌아오신 것을 축하드립니다."

디아는 앨리스가 들고 있던 선물 상자를 건네받아 고급 술병을 꺼내 보이고 찰스에게 주었다. 찰스는 기분 좋은 안색으로 선물 상자를 받아서 테이블 위에 내려놓았다. 디아가 이어 말했다.

"새로 조직 개편을 하다 보니 일정이 빠듯해서요. 말씀만으로도 충분히 감사합니다. 아, 여기는 새로 온 비서 준비를 하는 아이예요. 회장님 출마에 도움이 될까 해서 함께 인사드리러 왔습니다."

찰스 회장은 오, 하고 감탄하며 앨리스의 손을 잡

아 부드럽게 악수했다. 앨리스는 살짝 떨리는 표정으로 미소 지었다. 그러자 찰스는 새로운 먹이를 본 듯 입맛을 다셨다. 자신에게 벌써 흥미를 잃은 모습을 본 디아는 오히려 다행이다 싶었다. 찰스가 앨리스에게 빠져 있는 동안, 디아는 살짝 고개를 돌렸다가 경감의 시선이 문을 향해 있는 것을 보고 다음 상황을 직감했다. 디아는 핸드백을 열어 손수건을 꺼내는 척하며 바닥에 넣어 둔 초소형 외장 하드를 손끝으로 만졌다. 디아는 분명 호텔 앞에 경찰차가 도착해 자신을 향해 들어서리라 예측하고 마음의 준비를 했다. 아니나 다를까, 다다다닥 계단을 오르는 다소 큰 인원의 발소리, 문 앞에서 웅성거리는 소리가 들렸고, 곧 경찰 대원들이 연회장 문을 열어젖혔다.

* * *

갑자기 연회장 문이 확 열리고 경찰들이 들어서자, 사람들이 놀라 돌아봤다. 은정도 무슨 일이 벌어지는지 몰라 바짝 긴장했다. 찰스는 은정의 손을 놓더니,

아이잭이란 자 옆으로 가서, 함께 뒤로 물러섰다. 그때, 디아가 은정을 향해 돌아서며 샴페인 잔을 옷에 부딪혔고 술이 튀었다. 은정이 앗, 하며 옷을 매만지자, 디아가 자신을 돌려세워 손수건을 꺼내 닦아 주었는데, 이때 은정은 디아의 귓속말을 들었다.

"잘 보관해. 살아 나갈 때까지는 절대로 들키면 안 돼."

손수건 아래로 작은 기기가 은정의 손에 쥐여졌다. 은정은 아, 이게 디아가 말한 증거다 생각하자마자 손수건으로 옷을 닦는 척하며 초소형 외장 하드를 브래지어 속으로 밀어 넣었다. 동시에, 그렇다면 경찰이 디아를 잡으러 왔다는 건가 생각하자마자 이미 그들은 디아 앞으로 다가와 있었다. 디아는 침착하게 경찰을 돌아봤다. 그중 경위라는 사람이 소속과 이름을 밝히고 디아에게 배지를 보였다. 그러고 나서는 영장을 들어 보이며 말했다.

"CJ 해운 대표 디아 소한토 이민, 당신을 횡령, 절도, 갈취, 환경자원보호법 위반, 독점금지법 위반, 뇌물 사건과 부정 행위로 긴급 체포합니다. 당신은 묵비권을 행사할 수 있으며, 당신이 한 발언은 법정에서 불리하게 사용될 수 있습니다. 당신은 변호인을 선임할 수 있으며, 질문을 받을 때 변호인에게 대신 발언하게 할 수 있습니다. 변호인을 선임하지 못할 경우, 국선변호인이 선임될 것입니다. 이 권리가 있음을 인지했습니까?"

은정은 디아에게 수갑이 채워지는 광경을 보며 자신도 모르게 연민을 느꼈다. 디아는 은정을 흘끔 보더니 인사하듯 눈을 살짝 내리깔았다. 그런 다음 순순히 경찰에게 끌려 연회장을 걸어나갔다. 찰스는 별다른 저지 없이 혀를 차며 가만히 지켜보기만 했다. 사람들이 웅성대고 산만해지자 아이잭이 악단 쪽으로 손짓했다. 곡이 다시 연주되기 시작했다. 문이 닫히고 사람들이 다시 파티로 돌아서자 찰스가 은정 옆으로 와서 귓속말을 했다.

"파티가 끝나면 다시 보자, 아가."

은정은 온몸에 소름이 돋아 그 자리에 얼어붙었다. 그때 찰스의 부하들이 다가와 자신의 양팔을 잡더니 연회장 밖으로 이끌었다. 은정은 그 와중에 찰스가 부하에게 디아에 관한 지시를 내리는 말을 얼핏 들었다. 그렇지만 꼼짝없이 부하들에게 붙들려 호텔을 나가, 어느 검은색 차에 태워진 채 곧 어디론가 출발했다.

몇 분 후, 은정이 탄 차는 어딘가 도착해 속도를 낮추었다. 밖이 전혀 보이지 않는 진한 선팅 창문 때문에 위치는 알 수 없었지만, 다소 경사가 있는 곳으로 올라왔다는 느낌은 있었다. 조금 더 진입하더니, 정차했고, 부하 한 명은 선물 상자를 들고, 다른 한 명은 은정의 반대쪽 팔을 잡아 차에서 내렸다. 그 앞에는 3층 높이의 거대한 저택이 서 있었는데 주변에 치솟아 있는 것은 나무들뿐, 다른 아무것도 보이지 않는 곳이었다.

부하들은 은정을 저택 안으로 데리고 들어가, 3층 침실로 데려가더니 침대 앞 벤치에 앉히고 한 손씩 잡아 침대 양쪽에 있는 원목 기둥에 가죽 끈이 달린 단일형 수갑을 채워 십자가처럼 포박했다. 그리고 바로 앞 테이블 위에 선물 상자를 놓더니 문을 닫고 나가 버렸다. 심장 뛰는 소리가 은정 자신의 귀까지 들리는 듯했다. 그래도 진정하려 애쓰며 눈을 감고 탈출 방법을 생각하기 시작했다.

문 바로 앞에 지키는 자가 있을 수도 있고, 들어오면서 본 대문이 유일한 출구 같은데, 아마도 아까 그 부하들이 1층이나 문 근처에 대기하고 있지 않을까 추측했다. 저택을 나가는 문이 또 어디 있는지 확실치 않기 때문에 어물쩍거리다 다시 잡히지 않도록 신속하게 대문을 공략해야 한다고 생각했다. 대문은 1층 어딘가에 인터컴 같은 기기로 열 수 있을 테고, 안 되면 뛰어넘어야 한다고 생각했다. 방 안을 둘러봤다. 책상, 걸상, 의자 셋, 테이블, 거울, 유리창, 샹들리에, 촛대, 선물 상자, 물병, 유리잔, 진열대 등이 보였다. 뒤쪽으로는 통로가 있었는데 아마 화장실이나 옷장이 있을 것으로 보였다. 그 좁은 코너로 들어간다면 공격을 막을 수 있을 것 같기도 했다. 하지만 저 앞문으로 나가는 것이 가장 위험하고도 빠른 탈출일 것이라 예상했다. 침대 옆을 돌아보니 바로 옆 서랍장 위에는 꽃바구니와 카드가 꽂혀 있는 것이 눈에 들어왔다. 손만 자유로워진다면 뭐든 무기 삼을 수 있어 보였다.

묵직한 긴장감 속에 여러 가지 상황을 상상하다 눈을 떠 보니 창밖에는 짙은 어둠이 깔렸다. 점점 어깨와 팔이 저려 왔고 목도 마르고 허리도 아파 왔다. '젠장. 정신 차려 채은정!' 속으로 소리치며 스스로 다그치는데, 창밖 아래서 철컹 하고 대문이 열리고 닫히는 소리가 들렸다. 회장이 돌아왔나 싶어 입안이 말라 왔다. 아니나 다를까, 말소리가 조금 들리고 발소리가 점점 가까워졌다. 그리고 드디어 문이 열리고 찰스가 방 안으로 들어섰다. 그 뒤 그림자가 잠깐 들어왔다 나가는 것을 보아서는 바로 문 앞에 부하가 있을 것이라 여겨졌다. 은정은 찰스의 거동을 조용히 주시했다. 그는 문을 잠그고 은정을 보더니 씩 미소 짓고선 통로 쪽으로 걸어갔다가 잠시 후 옷을 갈아입고 돌아왔다. 테이블로 다가가 그 위에 놓인 선물 상자를 열어 술병을 꺼내 구경하며 말했다.

"역시, 디아가 준 선물이 가장 마음에 드는군."

그리고 은정을 돌아보며 말을 이었다.

"녀석이 내 취향을 제일 잘 알거든. 뭐, 이제 만나기 힘들게 되었지만."

은정은 디아가 검거 후 무슨 봉변을 당하는 건가 싶었다. 물어보고 싶었지만, 쓸데없이 말을 섞을 필요 없겠다 싶어 입을 다물었다. 찰스는 은정을 가만히 살펴보며 말했다.

"그래도 디아가 특별히 신경 써 고른 것 같으니, 너는 내 개인 비서로 쓸지 생각해 보지. 오늘이 처음이자 마지막으로 내 애제자를 추억하는 날이 되겠군."

찰스는 술병을 따서 유리잔에 조금 부어 마시면

서 먹잇감을 탐색하듯 은정을 천천히 훑어봤다. 상 위에 놓인 술병을 감상하며 의자에 앉아 잔을 비우더니, 책상 위에 있는 리모트를 집어 버튼을 눌렀다. 음악이 흘러나왔다. 찰스는 술잔을 내려놓고 책상 서랍을 열더니 칼을 집어 들었다. 은정은 순간 숨이 멎을 듯한 공포를 느꼈다.

눈을 질끈 감고 정신을 가다듬으려 노력했다. 손, 손을 풀어야 한다는 생각에 집중했다. 마스터가 가르쳐 준 포박 상태에서 저항하는 방법을 떠올렸다. 양팔이 벌어진 채로 손이 따로 묶여 있어서 수갑을 푸는 것은 어렵지만, 침대의 무게를 이용해 상대를 공격하는 것은 가능할지도 모른다고 계산했다. 하지만 한 방에 해내야 칼을 피할 수 있을 듯했다.

찰스가 걸어와 걸치고 있던 로브를 벗어 침대 위에 던지고 은정을 마주하고 서더니, 은정의 귀 옆에 얼굴을 대고 향을 맡았다. 그 피부가 닿는 순간, 은정은 피가 거꾸로 솟는 듯한 모멸감에 오한을 느끼듯 몸이 떨렸다. 그래도 은정은 정신을 최대한 집중해 조용히 구두를 벗어 발을 뺐다. 찰스는 숨을 내쉬고 상체를 세우더니 은정의 몸이 떨리는 것을 즐기는 듯했다. 그러고는 은정의 무릎부터 허벅지까지 칼날이 아닌 칼등으로 곡선을 따라 긁더니, 칼날로 돌려 쥐고 허리춤에 있는 지퍼에 찔러 넣고 북 뜯기 시작했다. 은정은 최대한 배에 힘을 주고 몸을 움츠렸다. 찰스는 흥분하는 듯 숨이 점점 거칠어졌다. 장난감을 가지고 노는 아이처럼 귓불까지 벌게지는 것이 보였다. 은정은 공포와 싸우며 몸에서 칼이 떨어지는 순간을 기다렸다. 드디어 드레스 뒤가 터지고 어깨 위 옷이 헐렁해지며 가슴 선이 드러나자, 찰스는 칼이 든 손을 옆으로 내려 벤치를 짚고, 다른 손을 은정의 다리 사이로 넣었다. 은정은 이때다 싶었다!

재빨리 두 다리를 세게 모아 그의 한 손을 고정한 다음 벌떡 일어나 찰스의 얼굴을 정수리로 들이받으며 침대가 들릴 정도로 앞을 향해 몸을 내던졌다. 윽, 큰 소리도 내지 못하고 찰스는 튕겨 나갔다. 침대가 흔들리며 은정의 팔을 묶고 있던 한쪽 기둥이 꺾였다. 은정은 어깨가 빠진 듯 찌릿한 통증을 참으며 느슨해진 한쪽 팔을 잡아당겨 이로 벨트를 뜯어 풀었다. 그러고는 매트리스 위에 올라서서 반대쪽 팔을 묶고 있는 끈을 잡아당겨 벨트를 손에 잡았다. 그때, 바닥에서 나뒹

굴던 찰스가 주춤거리며 일어서더니 옆에 떨어진 칼을 발견하고서 서둘러 주워 들었다. 은정은 그 모습을 보고 벨트를 풀자마자 침대 테이블 옆으로 달려가 촛대를 집으려 했지만, 찰스가 한발 빨리 달려와 은정의 다리를 찔렀다. 아윽, 하며 은정은 주저앉을 뻔했는데, 그러기 전 옆에 있던 꽃바구니를 찰스를 향해 내던졌다. 찰스는 꽃 무더기를 한 손으로 쳐냈다. 그러더니 아무 타격 없다는 듯 씩 웃으며 은정에게 칼을 내밀고 다가왔다. 하지만 찰스가 보지 못한 사이, 바구니에서 뽑아든 카드를 비스듬히 꽉 움켜쥔 은정은 찰스가 내딛는 순간 옆으로 비켜서며, 그의 공격 테두리 안으로 뛰어들어 그의 목선을 날카롭게 그었다. 생각보다 아팠는지 찰스는 신음을 내며 화를 냈다. 은정은 그의 등 뒤로 이동하며 팔을 꺾어 칼을 떨어뜨리게 했다. 그가 으르렁거리며 돌아서는 순간, 은정은 물병을 잡아들어 그의 머리 위로 세게 내리쳤다. 와장창 하는 소리가 나자 문 밖에서 부하가 들었는지 곧 문을 두드렸다. 찰스가 더는 일어서지 못하자 은정은 거추장스러운 옷을 벗어 던졌다. 재빨리 찰스가 침대에 던져 놓은 로브를 걸쳐 입고 허리춤을 단단히 묶은 뒤, 칼을 집어 벨트끈 사이에 꽂고 한 손에는 촛대를 집어 들었다. 칼에 찔린 다리에서는 피가 흘렀고, 유리병을 깨뜨린 한 손 바닥에는 유리 조각이 박혔다. 그러나 지체할 수 없었 다. 문이 열리는 동시에 질주해야 했다. 드디어 밖에서 열쇠로 문을 열었고, 은정은 문 옆에 바짝 붙어 있다가 들어서는 부하의 코를 촛대로 쳤다. 제대로 맞았는지 부하는 코피를 쏟으며 얼굴을 감쌌다.

은정은 재빨리 방을 나와 2층으로 향했다. 계단 을 내려가는 동안 아래서 웅성거리는 소리가 났다. 분 명 부하가 더 있는 모양이었다. 다른 길을 찾아야 했다. 창문을 내다보니 주차한 차가 아래 보였다. 은정은 촛 대로 유리창을 부쉈다. 그리고 그 아래 놓인 장식장을 딛고 올라가 창틀에 서서, 방향을 확인한 뒤 아래로 뛰 어내렸다.

차 천장이 움푹 꺼지고 꽈직 소리가 나며 착지에 성공했다. 더 찢어져 나간 허벅지에서 희멀건 안쪽 살 이 드러났다. 이를 깨물며 신음을 죽이고, 벌어진 상처 를 움켜쥔 채 차를 기어 내려와, 은정은 대문 쪽으로 달려갔다. 현관에서 부하가 달려오는 모습이 보였다. 어떻게든 대문을 기어올라 뛰어넘어야 했다. 주변을 재빨리 훑어보니 경비 초소로 보이는 곳 안에 작은 등나무 의자가 보였다. 은정은 의자를 가져와 대문 바로 아래 놓고 뒤로 몇 발 가서는 온 힘을 다해 달려와 의자를 밟고 도약했고, 대문 위로 몸을 날렸다. 손끝으로 대문 위 철창 살을 가까스로 잡는 데 성공한 은정은 발가락으로 몸을 밀어 위로 끌어올렸다. 어느새 대문 아래로 달려온 부하가 은정을 잡으려 허우적댔다. 은정은 한 발로 그의 머리를 차고서 대문 위로 넘어갔다.

　　땅바닥에 뒹굴듯 떨어진 은정은 숨을 헐떡이며 일어서서는 뒤도 돌아보지 않고 언덕 아래로 뛰어갔다. 대문이 열리고 부하들이 쫓아오는 듯했는데, 길가에 차가 달려오자 그들이 뛰기를 멈춘 듯했다. 하지만 은정은 사력을 다해 언덕 아래 큰길에 도착했다. 오젝-오토바이 셰어링 정거장이 눈에 들어왔다. 피를 흘리며 오토바이 기사들에게 다가선 은정은 당장 한국 대사관으로 가 달라고 도움을 요청했다. 당황하던 기사들 중 한 명이 놀랍게도 은정을 알아보고서 헬멧을 건네주었다. 기사 뒤, 오토바이에 올라탄 은정은 정신을 잃지 않으려 애쓰며 도로를 달려갔다.

14

대학교 캠퍼스 잔디에 앉아 한국에서 걸려온 전화를 받고 있던 은영은, 귀는 전화기에, 눈은 주변을 유심히 둘러보고 있었다. 여러 개의 낮은 건물들이 커다란 마당을 둘러싸고 있는 휴양지 같은 곳이었다. 뜨거운 대낮 열기와 달리 나무 그늘 아래는 잠시 복잡한 마음을 다스릴 정도로 시원했다. 외사국 동료가 은영에게 경고했다.

"영사가 너 거기서 한 짓거리 국장한테 다 불었다고! 너 진짜 빨간 줄 그이면 어쩌려고 아직도 거기 그러고 있어? 어휴, 이 화상 진짜. 들어와, 응? 같이 해결하자. 야, 채은영! 듣고 있냐?"

외국인으로 보이는 학생들과 현지인 학생들이 평화롭게 잔디 주변을 오가는 모습을 보며 은영은 이 중에 동생이 있다면 얼마나 좋을까 생각했다. 그러다 여학생의 어깨를 감싸고 걸어오는 어느 남학생을 보고 자리에서 벌떡 일어났다. 대충 전화에 대고 말했다.

"알았다, 들었어. 생각해 볼게. 나 가 봐야 해. 끊을게."

아이씨, 욕하는 소리를 뒤로하고 은영은 통화를 끊었다. 남학생이 지나가자 은영은 그 뒤를 따라 캠퍼스를 가로질러 정문 밖으로 나갔다.

오토바이를 탄 현지 젊은이들이 정문 주변에 모여 있었다. 남학생과 여학생은 그중 한 오토바이에 다가서 헬멧을 머리에 쓰려 꺼내 들었다. 순간, 은영은 남학생의 헬멧을 확 빼앗았다. 남학생이 휘청하며 돌아서자 은영이 물었다.

"너, Kyu, 이선규 알지?"

남학생은 화를 내려다, 한국어를 듣고 눈이 휘둥그레졌다. 그러고는 상대를 훑어보며 말했다.

"뭐, 뭐야, 당신? 그 새끼는 왜……."

확인이 되자 은영은 고개를 끄덕이고 남학생에게

따라오라 손짓했다. 하지만 순순히 따라오는 대신 남학생은 헬멧을 달라고 소리쳤다.

"당신이 뭔데 오라 가라야? 그거 내놔요! 이 아줌마 뭐야?"

은영은 피식 웃고선 헬멧 바이저를 한 손으로 우두둑 부러뜨렸다. 으악! 비명을 지르는 남학생이 은영에게 돌진했다.

"야이 미친! 그게 얼마짜린데! 당신 사이코야?"

은영은 헬멧을 뒤로 던져 버리고 남학생에게 바짝 다가서서 말했다.

"누가 진짜 사이코인지 알아볼까? 이선규 지금 어디 있어?"

기세에 눌린 남학생은 보도 위로 굴러가는 헬멧과 은영을 번갈아 보며 답했다.

"아, 그 새끼 못 본 지 며칠 됐어요, 아 진짜! 이제 됐죠?"

남학생은 은영 뒤로 뛰어가 헬멧을 주워 오더니 씩씩거리며 머리에 썼다. 은영은 여학생의 헬멧을 받아 머리에 쓰고 오토바이에 올라타더니, 남학생에게 뒤에 타라는 표정으로 고갯짓했다. 어이가 없다는 얼굴로 은영을 보던 남학생이 짜증을 냈다.

"아, 씨발 어딜 올라타요? 어쩌라는 거야? 내려요, 아줌마!"

은영이 경찰 배지를 보여 주자 그제야 남학생이 입을 다물었다. 은영은 지시했다.

"마지막으로 그놈과 있었던 장소로 가. 허튼짓하면 너랑 나랑 경찰서 가는 거다. 한국에서 보내 준 돈으로 마약 한 거 다 알아. 얘네들도 다 보내. 안 그러면 세트로 감방 보내 줄 테니. 여기선 마약 하다 걸리면 총살이야, 알고 있지?"

남학생은 총살이라는 말에 침을 꿀꺽 삼키고 머뭇거리더니 헬멧을 쓰고 엉거주춤 은영 뒤에 올라탔다. 다른 친구들이 우왕좌왕하자 가 보라고 손짓한 남학생은 은영에게 목적지 방향을 설명하며 출발했다.

얼마 후, 은영이 탄 오토바이는 모텔촌에 도착했다. 전에 가 본 곳보다 좀 더 남루한 타운하우스 형식의 모텔이 즐비한 곳이었다. 남학생은 그중 한곳으로 안내했고 은영은 모텔 입구에 오토바이를 세웠다. 남학생을 앞장세워 모텔 안으로 들어간 은영은 프런트 데스크 안내원에게 돈을 건넨 다음 남학생이 매번 쓰던 방이라는 곳으로 들어섰다. 안에는 침대, 창문, 옷장, 화장실이 있었는데 최근 청소를 했는지 언뜻 봐서는 깨끗해 보였다. 그래도 은영은 라텍스 장갑을 꺼내 끼고 여기저기 열어 보고 뒤집어 보며 확인했는데, 침대 밑 나무 바닥 틈에 끼인 주삿바늘을 발견해 주워 들었다. 그 모습을 본 남학생은 입술이 마르는지 혀로 핥으며 딴 곳을 바라봤다. 은영은 작은 비닐봉지에 바늘을 담아 주머니에 넣고, 매트리스도 들어 올려 자세히 들여다봤다. 몇 번 뒤집어 놓았는지, 군데군데 땀자국이 보였는데, 가장자리에 묻은 미세한 얼룩에 집중했다. 쿵쿵 냄새를 맡아 보니 시큼한 게 마른 피 같았다. 은영은 화장실에 들어가 면봉을 집어 와 얼룩을 문지른 후 비닐봉지에 담았다. 몇 분 더 방 안을 구석구석 확인했지만, 더 나온 게 없기에, 모텔 밖으로 남학생을 데리고 나가 근처 술집에 들어가 심문을 하면서 새 전화번호도 받아 냈다.

하지만 이선규 학생은 끝내 연락이 되지 않았고, 지내고 있다는 호스텔도 찾아가 봤으나, 방에 안 들어온 지 며칠 되었다고 했다. 어디 약에 취해 뻗어 있나 싶었다. 호스텔이나 모텔의 감시카메라 영상은 함부로 접근할 수 없기에 은영은 우선 숙소로 돌아가 파이잘의 연락을 기다리기로 했다.

　대사관 근처에 잡은 숙소로 돌아온 은영은 조사한 모든 내용을 적은 포스트잇 쪽지들이 붙어 있는 한쪽 벽을 훑어봤다. 벽 아래 놓인 책상 위에는 온갖 학원 팸플릿, 지도, 마커, 가위, 테이프, 노트북 등 수사에 필요한 잡다한 문구 도구가 놓여 있었다. 어학원 원장이 말해 준 녀석을 시작으로, 은정이 다녔던 어학원 학생들을 거의 다 만났고, 외국인을 위한 어학 과정이 있는 대학교까지 방문했는데, 거기서 최근에 불미스러운 사건을 제보받은 외국인 학생 담당자가 이선규에 대해 알려 줬다. 그런데 그 녀석이 연락처를 바꿨는지 통신이 되지 않아서 주변인을 찾다가 함께 논다는 패거리를 만난 것이었다. 동생처럼 공부에만 매진하고 쾌락을 멀리하는 학생들도 있지만, 유학생들은 성인이고 자금도 있기 때문에 모든 유흥 시설과 서비스에 접근할 수 있었다. 스스로 자신을 통제하고 유혹에 빠지지 않게 주의하지 않으면 생각보다 쉽게 범죄에 연관될 것이었다. 동생이 친하게 지냈던 학생들은 몇 되지 않았는데, 듣자 하니 어학원 데스크 직원과 대화하는 모습을 주변에서 자주 봤다고 했다. 직원들도 만나 봤지만, 동생과 친하다고 시인하는 이는 없어서 더 확인할 것이 없었다. 그때 파이잘의 전화가 왔다. 즉시 만날 장소를 정한 은영은 숙소를 나갔다.

작은 강을 따라 지어진 판자촌은 더운 날씨에 어울리지 않는 알루미늄 철제와 판자를 섞어 이어 붙인 지붕에 금방이라도 무너질 듯한 얇은 기둥에 의지한 채 물가에 줄지어 서 있었다. 집 번호도 표시도 안 보이는 집 몇 채를 지나자, 파이잘이 어느 커튼이 쳐진 문 앞에 서서 기다리다 은영을 알아보고 손짓했다. 은영이 가까이 오자 파이잘은 상황을 설명했다.

"매춘부들 수소문 끝에 겨우 찾았어. 하지만 의식이 왔다 갔다 해서 제대로 말할 수 있을진 모르겠어. 언니가 간호하고 있으니까 그쪽에 물어보면 될 거야. 내가 통역할게, 들어가자."

고개를 끄덕인 은영은 파이잘을 따라 판잣집 문 커튼을 들추고 안으로 들어섰다. 칸막이로 나뉜 공간에는 방으로 보이는 두 칸이 있었는데 한쪽에 들어서니 어떤 젊은 여성이 핏기 하나 없는 얼굴로 바닥에 이불을 깔고 누워 있었다. 바로 뒤에서 또 다른 여성이

수건을 들고 오자 파이잘이 은영을 가리키며 소개했다. 여성은 은영을 쳐다봤다. 은영은 재빨리 고개를 숙여 인사했다. 여성도 끄덕 인사하더니 바닥에 앉고, 은영과 파이잘도 그 건너편 바닥에 앉았다. 이불 위 여성의 눈이 미세하게 떨렸다. 그러자 언니인 여성이 수건으로 환자 여성 얼굴과 목을 닦아 주며 귀에 대고 뭐라 말했다. 파이잘이 환자에게 인사를 건네며 찾아온 이유를 설명했다. 은영은 주머니에서 동생의 졸업 사진을 꺼내 파이잘에게 건넸다. 파이잘이 건넨 사진을 언니가 받아 환자에게 가까이 보여 주었다. 몇 번 눈을 껌뻑이며 사진을 보더니 환자는 다시 눈을 감았다. 은영은 할 수 있는 것이 없어지자 고개를 숙였다. 언니와 파이잘 사이에 몇 마디 더 오갔는데, 은영은 마구 질문을 던지기 미안해서 가만히 지켜보았다. 파이잘과 언니의 말수가 적어진 뒤 은영은 언니에게 감사 인사를 하고 자리에서 일어나 밖으로 나왔다.

드러난 강바닥의 진흙을 내려다보며 은영은 한숨을 내쉬었다. 문 사장이 즐겼다는 호텔 파티라는 것이 뭔지 알 것 같았다. 과연 이 여성들은 목숨을 건 만큼의 보상이라도 받았을까 싶었다. 그랬을 리가 없다. 생계를 위해 선택한 길이었다 해도 저런 결과를 낳는 일은 자유와 먼 일이다. 동생을 찾는 과정에서 자신이 어릴 적 못 봤던 일들, 이런 세상의 실체를 볼수록 안타깝기 그지없었다. 파이잘이 판잣집에서 나와 은영을 보고 쓴웃음을 지어 보였다. 함께 강줄기를 따라 걸어가며 파이잘이 설명했다.

"동생 사진은 두고 나왔어. 혹시라도 알아보게 되면 연락 달라 했고. 정확하진 않지만, 저 매춘부를 데려간 포주는 아마 그쪽 세계 총책임자의 지시를 받았을 거야. 아무나 그런 파티를 고급 호텔에서 하는 게 아니거든. 또 한 명의 매춘부는 도무지 연락이 닿지 않아. 아, 그리고, 그 부회장이란 사람은 병원에 있다던데? 코마라고 했어."

은영은 걸음을 멈췄다. 마약에 취해 횡포를 부리다 피살당한 문 사장, 함께 놀았다는 부회장은 코마, 파티에 불려 갔던 매춘부 둘 중 하나는 거의 반신불수…… 이상했다. 도대체 그 파티에서 무슨 일이 있었던 걸까? 문득 놓친 게 있나 싶어 파이잘에게 물었다.

"아까 뭐라고 했어, 총책임자? 그게 누구야?"

강줄기가 끝나고 도로가 나왔고, 파이잘이 주차

해 둔 오토바이 잠금장치를 풀다 은영을 돌아봤다.

"아, 내 호텔 친구, 컨시어지가 그러더라고. 최고급 행사를 진행하는 포주들은 일하기 전에 시험을 본데. 그 세계에 들어서려면 누군가의 허가가 있어야 한다는 뜻이지. 그 사람이 아마 총책임자일 거야."

은영이 미간을 찌푸리며 고민하는 모습을 보자 벌써 눈치챈 파이잘이 손사래를 쳤다.

"너, 그건 아니야, 거기까진 나도 못 해. 그 사람들이 어떤 사람들인데? 함부로 접근했다가 큰일 나는 수가 있어!"

은영이 파이잘을 향해 입을 열려는 순간 전화가 걸려왔다. 한국대사관 경찰 주재원 영사였다. 파이잘에게 조용히 하라 손짓하고 은영이 전화를 받았다.

"아 네, 영사님, 무슨 일이세요? 네?"

은영은 눈이 동그래지며 파이잘에게 빨리 오토바이 시동을 걸라는 뜻으로 손을 휘적거렸다. "응?" 하던 파이잘이 알았다며 오토바이 헬멧을 쓰고 또 하나를 건네주며 올라타 시동을 걸었다. 은영은 전화를 마무리하며 헬멧을 썼다. 두 사람은 그렇게 대사관으로 향했다.

은영을 태운 파이잘의 오토바이는 곧 한국대사관 앞에 도착했다. 은영은 입구 검사를 통과하자마자 안으로 달려 들어갔다. 3층 회의실에서 기다리던 영사가 은영을 맞이했는데 책상 위에는 현장 사진과 문서들이 놓여 있었다. 사진은 공항 화장실 안에서 시체로 발견된 이선규였다. 은영은 사진과 검사 문서를 자세히 들여다봤다. 마약 과다 복용으로 말미암은 치사였다. 영사가 설명했다.

　　"찾던 학생 맞죠? 안 알려 드릴까 했는데, 그러면 또 계속 혼자 일 벌이실 것 같아서…… 이 녀석 급히 출국하려던 것 같은데, 마약이 술도 아니고, 왜 이렇게까지 많이 했나 몰라요."

　　사라진 동생과 뭔가 연관성이 있어 보였는데, 정확한 게 없어서 단정할 수도 없었다. 그때 영사가 덧붙였다.

　　"이 녀석 짐에 노트북이 있었는데요, 파일이 하나 나왔어요. 그간 무슨 짓을 하고 다녔는지 짐작이 갈 만한 사진과 영상이었어요. 그중 한 영상은 잠자리 몰카였는데, 경찰에 알아보니 최근에 모텔에서 자살한 현지 여성이더군요."

은영은 영사를 올려다보며 혹시나 싶어 물었다.

"그 여성 이름이 뭔가요?"

영사는 문서를 뒤적이더니 찾아서 알려 줬다.

"에리카 와유니입니다."

그 말에 은영은 두 눈을 꽉 감고 기억을 더듬었다. 들었다, 분명…… 언제였지… 맞다! 동생이 그날 만나던 친구의 이름이 분명했다! 은영은 문서에 적힌 이름을 가리키며 영사에게 다급하게 부탁했다.

"동생 친구예요. 자살 현장, 이선규가 이용한 모텔방, 모두 다시 확인해 주십시오! 감시카메라 어딘가에 제 동생이 찍혀 있을지 모릅니다!"

은영은 모텔에서 찾아낸 주삿바늘과 면봉도 건네주었다. 영사도 이제는 정확한 관계 확인이 필요하단 생각이었는지 은영의 말에 동의하고 당장 경찰에 협조를 요청했다. 하지만 수사권이 없는 사람이 개입한 사실이 드러나면 좋을 일이 없으니 숙소에 돌아가 계시라 조언했다. 은영은 따라나서고 싶은 마음이 굴뚝 같았지만, 얌전히 고개를 끄덕이고 회의실을 나왔다. 지층 마당으로 나오니 파이잘이 정문 밖에서 기다리고 있었다. 은영은 차마 숙소로 돌아갈 수 없어서 문 밖으로 나가 파이잘을 데리고 근처 길가의 해산물 바비큐 식당으로 향했다.

연기가 자욱한 길가 식당 안, 사람들은 플라스틱 상과 의자에 둘러앉아 각종 구운 해산물을 즐기고 있었다. 입맛이 없는 은영은 밀크티를 시켰고 파이잘은 식사를 주문했다. 상에 놓인 음식을 바라보며 은영은 머릿속 생각을 정리했다. 이선규는 에리카를 자살로 몰고 갔고, 그전에 동생이 문제에 개입한 것으로 보인다. 그 후 동생은 도대체 어디로 사라진 것인지 죽은 자에게 물어볼 수도 없으니 답답했다. 거리 갱단과 이선규가 자신들의 범죄를 은폐하려 작정하고 동생을 죽인 걸까? 하지만 그럴 만한 놈들은 아닌 걸로 보였다. 만약 그랬다면 유기한 시체라도 나왔어야 했다. 수상하기는 하지만, 어쩌면 문 사장과 부회장 사건은 별개일지도 모른다고 생각했다. 쓸데없는 벌집을 건드리는 일일지 곰곰이 생각했다. 이들이 자신의 권력과 부를 이용해 현지 범죄를 부추기고 사람을 가지고 논 것은 사실이나 동생과 직접적인 끈이 없었다. 문득, 한국인 매춘부가 있을까 하는 의문이 들었다. 그리고 그 총책임자가 범죄에 한국인 여성을 끌어들인다면? 식사를 거의 다하고 입을 닦고 음료를 마시던 파이잘에게 물었다.

"여기 매춘부 중에 한국인이 있을까?"

파이잘이 마시던 잔을 내려놓고 고개를 갸웃거리며 답했다.

"어…… 글쎄…… 흔치 않겠지만, 있다면 현지 남성들에게 인기는 있겠다. 아, 취소, 미안! 못 들은 걸로 해 줘."

한국인 여성의 해외 매춘이 존재하는 것은 사실이었다. 동생에게 그런 동기는 없다. 하지만 만약, 강제로 끌어들였다면 충분히 가능한 일이었다. 영사의 조사가 얼마나 정확하고 빠르게 진행될지 의문이었다. 다시 마음이 급해졌다. 밀크티를 벌컥 다 마셔 버리고 자리에서 일어나며 파이잘에게 말했다.

"안 되겠어, 네 그 호텔 친구를 만나서 총책임자에 대해 알아봐야겠어. 일어나, 가자!"

파이잘이 입 속 음료를 거의 뿜을 뻔하고서는 은영을 말렸다.

"그게 무슨 소리야! 그쪽은 안 된다고 했잖아! 앉아, 크리스틴, 제발, 진정해!"

은영을 말리는 파이잘과 밀고 당기는 와중에, 주변 사람들이 휴대 전화기를 들고 뭔가를 보며 웅성거리기 시작했다. 그들의 대화에는 한국인, 여성, 강간, 몸싸움 등의 단어가 흘러나왔다. 은영은 걸음을 멈추고 자리에 앉아 있던 어느 손님의 휴대 전화기 화면에 보이는 영상을 내려다봤다. 과격한 몸싸움이 벌어지고 있는 모습이었다. 그때, 은영의 휴대 전화기로 친구 시경의 전화가 걸려왔다. 은영은 전화를 받았다.

"은영! 내가 링크 하나 보낼 테니까 당장 확인해 봐! 이거 아무래도, 네 동생 같아!"

은영은 도대체 무슨 상황인지 모르지만, 긴장해서 손이 떨렸다. 곧이어 시경이 보낸 문자가 도착했고 링크를 누르자 영상이 재생되었다. 제목에는 '한국인 여성 감금 현장 탈출'이라 쓰여 있고, 몰래카메라로 촬영된 것 같은 영상이 스트리밍되고 있었다. 은영은 그 자리에 얼어붙은 채로 화면이 뚫어져라 영상을 봤다.

불과 몇 분 전에 시작된 스트리밍 영상은 어떤 젊은 여성과 나이 든 남성의 20여 분 가까이 되는 격투를 보여 주고 있었다. 남성을 향해 돌진하는 여성의 얼굴이 보이자 영상을 일시 정지했다. 은영은 헉 숨을 들이마셨다. 동생이었다! 이럴 수가, 은영은 휴대 전화기를 떨어뜨릴 뻔했다. 파이잘은 새파래진 은영의 얼굴을 보고 왜 그러는지 물었다. 은영은 흥분하는 사람들을 뒤로하고 대사관을 향해 뛰기 시작했다.

한국대사관이 가까워지자, 그 앞에 여러 대의 오토바이와 차량이 둘러싸고 있는 것이 보였다. 그리고 한 차에서 영사가 내려 정문 앞에서 피를 흘리며 서 있는 여성을 보고 다가가는 것을 먼발치서 볼 수 있었다. 여성은 자신을 안으로 들여보내 달라 호소하는 것 같았다. 영사는 여성을 향해 양손을 들고 천천히 다가서며 큰 소리로 물었다.

"한국인이십니까? 자, 진정하시고요! 왜 그러시는지, 본인 신분을 밝히세요!"

여성이 이름을 밝히려 입을 여는 그때, 은영은 숨이 턱까지 차도록 달려, 영사를 제치고 정문 앞에 쓰러질 듯 겨우 버티고 서 있는 여성을 바라봤다. 동생 은징이 피 칠갑을 하고 대사관 정문 앞에 서 있었다! 가슴이 벅차오르는 동시에 심장이 터질 듯했다. 은영은 숨을 다잡으며 동생을 향해 한 발 한 발 다가갔다. 때마침 동생도 은영을 돌아봤다. 동생은 언니를 향해 피가 흘러내리는 다리를 내딛으며 겨우 말했다.

"언니…… 으윽……."

은영은 말 대신 동생에게 달려가 어깨를 부둥켜안았다. 자매는 서로의 생사를 확인하고 말없이 눈물을 흘렸다. 동생의 상태를 확인해 보니 여기저기 타박상, 찰과상의 흔적이 보였고, 허벅지와 손에 찔리고 베여 찢어진 부위가 벌어져 피부 아래 살이 허옇게 드러나 있었다. 은영은 서둘러 영사에게 동생의 신원을 확인해 주었다. 영사는 대사관 안쪽에서 대기하고 있던 당직자에게 실종자를 찾았으며 응급 처치가 필요하니 당장 문을 열라고 했다. 드디어 대사관 문이 열렸고, 자매는 무사히 건물 안으로 들어갔다.

15

은정은 가능한 대사관 안에서 치료를 받게 해 달
라 부탁했다. 아직 밖에 자신을 향한 위험이 남아 있는
지 알 수 없었기 때문이었다. 은정은 우선 다른 관계자
들을 물리고 언니 은영에게만 찰스 회장에 대한 증거
를 보여 주며, 혹여 부패한 현지 경찰이나 검찰의 분탕
질을 막기 위한 대책을 세웠다. 영사는 현지 경찰에 사
건을 신고하는 동시에 잘 아는 검찰에게 증거 한 세트
를 넘겨 확인과 조사를 부탁하기로 했다. 은정은 국제
통신 기자들을 대사관으로 불러 스트리밍된 영상과
관련한 사실 발표를 했다.

은영은 외사국에 자세한 보고를 했고, 드디어 국

제형사 공조 수사 허가를 받아 내는 데 성공했다. 그렇게 사건 관련 수사를 개시할 수 있었다. 경찰 내부에서 상황을 지켜보던 현지 경감 한 명이 앞장서서 영장을 받아 아지트에 숨어 있던 회장 찰스를 찾아냈고 직접 피의자들을 모두 검거했다. 은영은 은정이 증언한 모든 현장을 수색했고, 스트리밍 영상을 찍은 도구가 그 술병이었다는 사실을 확인했으며, 문 사장의 파티 현장, K를 미행했던 모텔의 감시카메라 영상을 일부 확보하고 피의자 지문 및 유전자 확인까지 마친 뒤 자료를 현지 경찰과 공유했다. 찰스는 심문에서 자신의 오른팔이었던 디아의 검거 후 그녀의 모든 측근을 사고로 위장해 살해 지시했고, 그의 부하들은 디아의 저택 및 다른 소유물 모두 처분하거나 파괴했다고 시인했다. 이 모든 증언과 증거 덕분에 찰스는 꼼짝없이 인신매매, 감금, 폭행, 협박, 사기, 살인, 마약 제조 유통 및 조직범죄와 관련한 재판까지 일사천리로 진행되었다.

국제통신과 현지 매체는 은정의 경험을 토대로 부패한 권력자와 조직범죄에 대한 현행법과 그와 관련된 처리상의 심각한 오류들을 지적했다. 한편 시민 단체와 피해자들도 나서서 개혁 운동을 펼쳤다. 그리고 유명 정치인과 공인들이 나서서 엘리트 집단을 대표해 대선 관련 철저한 배경 조사를 진행하도록 정부와 당에 호소했다. 한국 대통령 비서실 또한 공식발표를 통해 자국민이 보호받지 못한 일에 대한 사과, 해외 범죄 관련한 공무 수행을 강화할 것을 약속하며, 해외 현지에서 범죄에 가담하는 한국인을 향한 따끔한 경고도 전했다. 얼마 후, 인도네시아 정부는 인신매매 및 성매매를 전면 불법화하고, 모든 피해자를 보호하고 사회복귀를 보장하는 방책과 시민 교육 진행, 부패 인사 처벌과 조직범죄 단속을 위한 강경 대책이 발표 및 시행되었다. 찰스는 곧 사형을 선고받았다.

언니는 동생의 안전과 제대로 된 치료를 위해 재판 증언이 마무리되는 즉시 귀국하자 제안했는데, 은정은 떠나기 전에 자신이 피해를 준 분들을 만나겠다고집했다. 언니는 동생의 고집을 꺾지 못하고 함께 에리카의 부모님을 찾아뵙고 위로를 전했다. 그리고 파이잘과 함께 찾아갔다던 매춘부의 판잣집에도 들렸다. 은정은 판잣집 안 바닥에 누워 있는 매춘부를 보자 가슴이 미어졌다. 사과를 전하는 은정에게 매춘부의 언니는 무사히 돌아와서 다행이라며 오히려 위로를

해 주었고, 동생도 조금씩 나아지고 있다 전했다. 은정
과 은영 자매가 위로금을 전달하고 집을 나서는데, 파
티에 있었던 또 다른 매춘부의 시체를 찾았다고 파이
잘의 연락이 왔다.

경찰 검시와 가족 연락을 한 결과, 죽은 매춘부의
유일한 혈육은 여동생뿐이었다. 그래서 은정은 자신이
직접 매춘부의 장례식을 준비했다. 이슬람교에 따른
모든 의례가 끝나고 나서야 은정은 매춘부의 여동생
얼굴을 가까이 볼 여유가 생겼는데, 왠지 낯익은 얼굴
이었다. 확실치 않아서 속으로 망설이고 있는데, 매춘
부 여동생이 먼저 털어놓았다.

"저…… Kyu, 선규랑 만났던 적 있어요. 에리카 남
자 친구……."

아, 은정은 생각났다. 겁도 없이 에리카의 한국인
남자 친구 K를 미행했던 그날, 모텔 방 안에 숨어 봤던
바로 그 여성이었다. 두 사람의 대화를 듣고 금세 사건
순서를 파악한 언니가 두 눈이 동그래져서 물었다.

"그럼, 내 동생이 모텔에 있었던 걸 그 남자들이
눈치챘던 거죠?"

매춘부 여동생이 고개를 저었다. 언니는 고개를

갸웃거렸다. 그리고 은정에게 물었다.

"너, 호스텔 방으로 에리카가 찾아오고 난 뒤 그렇게 되었다고 했지? 이선규 무리가 널 공격한 게 아니었던 건가?"

은정은 문득 뭔가 자신이 잘못 알고 있었나 싶어 곰곰이 되짚어 봤다. 지하 감옥에서 디아를 처음 만난 날, 친구 잘못 만나서 고생한다고 했다. 그래서 K의 집단이 자신을 팔아넘긴 것으로 알았었다. 그때, 매춘부 여동생이 처음 듣는 얘기를 해 주었다.

"그날 저녁에 모텔 데스크에서 캡틴이 하는 말을 지나가다 듣긴 했는데……."

은정은 무슨 말인지 의아하여 되물었다.

"캡틴? 그게 누구예요?"

여동생이 설명했다.

"아, 그게, 모텔 구역 관리자가 보고하는 조직의 상사인데, 옛날에 해적이었다고 그렇게 불러요."

은정은 디아가 해 줬던 말이 생각났다. 찰스가 선박을 몰고 나갔다가 해적에게 잡혔고 그들의 두목을 죽였다고 했던 말이 떠올랐다. 언니가 물었다.

"뭐라고 했는데요, 그 캡틴이란 자가?"

여동생이 음, 생각을 더듬어 말했다.

"방에 들어갔다 나온 여자를 아는지 꼬치꼬치 캐물었어요. 데스크 직원은 선규에 대해 알려 주었고, 연락처를 받았는지 바로 나갔어요."

은정은 그 여자가 자신이고, 캡틴은 자신을 찾아내려 했다는 건가 싶었다. 언니가 한 번 더 질문했다.

"혹시 그 캡틴은 어디 있어요?"

여동생은 고개를 흔들었다.

"이번 일로 조직이 해체돼서 다 없어졌어요. 캡틴은 저도 관리자가 처음에 인사시켜 줘서 딱 한 번 본 사람이에요. 워낙 얼굴에 상처가 많아서 한 번 보면 잊히진 않죠."

은정은 앗, 하며 떠올렸다.

디아가 섬 저택에서 어떤 남자를 협박할 때 옆에 있던 그 사람, 에리카의 남자 친구를 잡아왔던 그 부하였다!

언니는 은정의 얼굴을 보고 뭔가 큰 걸 알아냈다는 사실을 직감하고 입술에 손가락을 가져다 댔다. 매춘부 여동생은 영문을 몰라 갸우뚱하며 자매를 바라봤다. 은정은 여동생에게 우리 대화를 절대 발설하지 말라 당부하고 위로금을 전달한 뒤 작별 인사를 하고 헤어졌다.

숙소로 돌아온 은정은 다시 상황을 정리해 봤다. 사건 후 자매는 경찰의 보호가 있는 새 숙소로 옮겨 지내고 있었다. 은정은 소파에 주저앉아 방 벽을 보며 관자놀이를 눌렀다. 언니는 그 앞을 서성이며 말했다.

"그러니까, 널 납치한 건 이선규 갱단이 아니고 그, 디아라는 건가 지금? 처음부터 의도적으로…… 확인해 봐야겠다!"

언니는 바로 경찰에 연락해서 디아의 연행 후 수감 상태를 알아봤다. 그러고 나서 몇 분 후 전화를 끊고 돌아와 설명했다.

"디아라는 사람 말이야, 재판에서 선고받고 수감됐는데, 얼마 전에 감옥에서 살해당했대. 불이 나서 시신은 다 탔고."

은정은 할 말을 못 찾아 한동안 멍하니 허공을 바라봤다. 복잡한 마음이었다. 이게 뭐지 싶었다. 자신의 죗값을 기꺼이 치르겠다던 말이 떠올랐다. 안타까운 죽음이지만, 그간의 악행에 대한 피할 수 없었던 보복일 수도 있다. 하지만 어딘가 미심쩍었다. 은정은 속으로 자문했다. 진짜 죽은 걸까? 정말 디아가 자신을 납치한 걸까? 그렇다면 왜……?

각자 생각에 잠시 말이 없던 자매는 다시 서로 바라봤다. 그냥 넘어갈 수 없었다. 언니는 은정에게 파이잘을 부를 테니 같이 있으라며 대사관으로 달려갔다.

잠시 후 파이잘이 식사를 들고 와서 은정과 함께 있어 주었다. 어색한 미소로 식사하다 대화를 나누기 시작했다. 파이잘이 물었다.

"언니가 동생 정말 많이 아낀다, 그렇죠? 손은 괜찮아요? 젓가락 말고 포크 가져다줄까요?"

은정은 미소 지으며 괜찮다고 고개를 저었다. 그리고 파이잘에게 인사를 건넸다.

"정신이 없어서 이 말을 못 했네요. 우리 언니 도와주셔서 고맙습니다."

파이잘이 헤 웃으며 답했다.

"별말씀을. 저도 남동생이 있어요. 이 형 같지 않고 점잖아요. 가기 전에 인사하면 좋겠다. 아, 근데 언니랑 뭐 새로 알아낸 거에요? 왜 저리 또 바빠요?"

은정은 대답 대신 그냥 미소를 지었다. 그러고는 조심스레 다른 질문을 했다.

"그런데, 파이잘은 이제 일…… 어떻게 하실 거예요?"

파이잘은 크게 숨을 들이쉬고 내쉬었다. 그러고 나서 은정을 보고 씩 웃었다.

"때려치워야죠. 두 사람이 이렇게 고생한 게 어쩌면 저 같은 놈들과 무관하지 않죠. 잘못된 일인 거 알면서도 당장 먹고살겠다고 다른 길을 안 찾은 거니까. 좀 힘들어도 더 나은 일을 알아볼 거예요. 아마도 목사님이 일부러 나를 크리스틴에게 소개한 것 같아요. 정신 차리라고……"

파이잘이 옅은 미소를 짓고 입술을 깨물었다. 의기소침해진 그의 표정에 은정은 미안해졌다. 자리에서 일어나 책상에 있는 메모지를 가져와 자신의 연락처를 적어 파이잘에게 건네주었다.

"혹시, 유학에 관심 있으면 동생한테 제게 연락하라고 전해 주세요. 한국에 외국인 학생 장학금 제도도 있어요. 아는 만큼 최대한 도와줄게요."

메모지를 받아든 파이잘이 은정을 향해 환한 미소로 끄덕이며 고맙다 인사했다. 그때 언니가 돌아왔다. 오자마자 물을 마시고 숨을 다잡더니 설명하기 시

작했다. 아무래도 수상한 면이 있어서, 인터폴과 협력
해서 디아와 부하들 행방을 좀 더 조사하기로 했단다.
우선 당장 글로벌 혁신 센터가 있는 싱가포르로 건너
가야 한다고 떠날 준비를 재촉했다. 은정은 끄덕이고
바로 언니의 말에 따랐다. 파이잘도 자리에서 일어나
자매와 악수를 하고 작별을 고했다.

16

얼마 전, 연회장에서 경찰에 끌려 나갈 때 디아는 메자닌 층 건너편에서 지켜보고 있던 릭과 마주쳤고 두 사람은 진짜 계획이 진행된다는 의미로 눈빛을 교환했다. 릭은 메그에게 전화를 걸어 즉시 회사 매각을 진행했다. 미리 압력을 넣었던 세 명의 엘리트에게 각각 비밀번호, 10대 갱단 자수, 혼외 자식 입양 사실도 넌지시 알렸다. 다만, 디아는 릭에 대한 의심을 거두지 않았기 때문에 자신만의 대비로 그를 주시할 다른 심복도 붙여 둔 상태였다.

찰스의 부하가 건넨 증거로 경찰서에 잡혀간 후, 디아는 검찰에 넘겨졌지만, 최근에 구슬린 제보자가 미리 검사를 매수해 놓은 덕에 찰스가 심어 놓은 자가 아닌 다른 담당자로 교체되었다. 곧이어 디아는 재판에서 10년 형을 선고받아 수용되었다. 그리고 그 후, 찰스가 검거되었다는 전갈을 확인하자마자 준비한 일을 거행했다.

모두가 찰스의 비리에 관한 보도에 몰두해 있을 때, 디아는 당번으로 홀로 부엌 청소를 했다. 약속된 대로 디아의 감방 동료 여성이 밀가루를 담은 커다란 상자가 놓인 카트를 밀고 들어왔다. 덮개를 치우고 뚜껑을 열자 디아와 비슷한 외모의 여성이 같은 수감자 복장을 한 채로 주춤거리며 안에서 일어났다. 이 또한 미리 뇌물을 제공한 교도관을 통해 들여보낸 것이었다. 디아는 상자 안에서 나온 여성의 얼굴을 쓰다듬으며 감사의 말을 전했다. 감방 동료 여성은 식칼로 순식간에 여성의 심장을 찔러 즉사시켰다. 디아는 바로 상자 안에서 교도관 옷을 꺼내 입었다. 감방 동료 여성은 바닥에 쓰러져 죽은 여성의 몸과 부엌에 밀가루를 엎어 뿌린 뒤 불을 붙였다. 인화성 물질인 밀가루는 활활 타올랐다. 감방 동료 여성과 눈인사를 나눈 디아는 곧 부엌 창고를 통과해 교도소 뒷문으로 향했다. 머지 않아 불길은 부엌을 뒤덮었다. 연기가 치솟자, 화재 비상벨이 울리기 시작했다. 감방 동료 여성은 일부러 자신의 지문이 묻은 식칼을 부엌 밖 쓰레기통에 버린 뒤, 난리통을 뚫고 방으로 돌아갔다.

교도소 뒷문 밖에 대기하고 있던 경찰차에 올라탄 디아는 신속히 도심 밖으로 향했다. 차는 인적이 없는 수로 옆에서 정거했다. 디아는 차에서 내려 강가로 걸어갔다. 곧이어 수로 어귀에 서 있던 청소 배에 올라타자 배에서 기다리던 자가 디아에게 청소부 유니폼을 건넸다. 디아가 환복하는 동시에 배는 출발했고, 물길을 따라 부두로 향했다. 부두에서 디아는 좀 더 큰 배로 옮겨 탔다. 디아가 조종실로 들어가자마자, 배는 바다 한가운데로 향했다.

하루가 지나, 망망대해에서 디아가 탄 배는 해적선을 만났다. 둘 다 엔진을 끄고 옆에 나란히 붙었다. 해적선에서는 누군가 배 아래로 줄사다리를 던졌다. 디아는 줄사다리를 잡고 해적선 위로 올라갔다. 그러자 갑판 위에서 기다리고 있던 릭이 손을 잡아 주었다. 무사히 갑판에 올라서자 디아에게 릭이 인사했다.

"고생하셨습니다. 캐빈 안에 갈아입으실 것과 짐

을 챙겨 두었습니다. 이리 오시죠."

디아는 릭의 안내를 따라 선장실 근처에 있는 캐빈 안에 들어섰다. 릭 말대로 간이침대 위에는 자신이 미리 전달했던 짐과 옷이 놓여 있었다. 문을 닫은 뒤 옷을 갈아입고 짐 가방을 열어 바닥을 들어내니 비밀 칸이 나왔다. 거기에는 전에 섬 저택에서 꺼내 들었던 그 총이 들어 있었다. 우려했던 바와 달리 릭은 주어진 계획에 충실했다. 디아는 조용히 코웃음을 흘린 뒤 일어나 총을 허리 뒤에 끼워 넣고 숨을 내쉬었다. 수많은 고비를 잘 넘겼고 자신에게 주는 보상이 멀지 않았다 생각했다. 짐 안에서 디아는 여권 하나를 꺼내 들고 캐빈 밖으로 나와 선장실로 향했다.

릭은 배의 국기와 번호를 바꾸고, 선장실로 들어와 항로를 확인한 뒤 목적지를 향해 달리도록 배의 속도를 올렸다. 곧이어 디아가 선장실 앞에 와 섰다. 뒤를 돌아본 릭은 배를 자동 항해 모드로 돌려놓고 갑판 위에 준비한 간이식탁으로 디아를 안내했다.

식탁 위에는 간식과 술이 놓여 있었다. 캔버스 의자에 앉은 디아는 여권을 릭에게 건넸다. 릭은 여권을 받아 펼쳐 보았다. 자신의 사진과 새 이름의 싱가포르

여권이었다. 그는 고개 숙여 감사의 인사를 했다. 디아가 입을 열었다.

"고민 좀 했지, 이걸 자네에게 줄까 말까, 캡틴."

캡틴이라 불리자 릭의 눈빛이 흔들렸다. 디아가 피식 웃었다. 술을 잔에 따르며 말을 이어 갔다.

"경감은 어떻게 됐어?"

잠시 생각을 하느라 머뭇거리던 릭, 캡틴이 보고했다.

"아들을 찾으러 가도록 됐습니다만, 그가 온다는 것을 미리 안 그분들이 순순히 놓아주었을 것 같지는 않습니다. 설사 아들을 찾고 도망쳤어도 지시하신 대로 해적선에 당했을 것입니다. 제보자는 지금쯤 가스 폭발 사고를 당했을 겁니다."

고개를 끄덕인 디아가 술 한잔을 릭에게 내밀었다. 술잔을 받아든 릭에게 디아가 건배를 건넸다. 두 사람은 술을 한 모금 들이켰다. 디아가 말했다.

"앨리스는? 잘 돌아갔어?"

릭이 조금 주저하며 답했다.

"그게, 거리패 첩보에 의하면 한국이 아니라 싱가포르로 갔다고 합니다."

디아는 간식을 먹으며 생각했다. 앨리스가 사투를 벌이고 탈출에 성공해 대사관으로 들어간 후에는 가까이 감시를 붙일 수 없었다. 법적으로 외국 땅과 다를 바 없는 대사관 내부는 접근이 힘들었던 것이다. 더욱이 사건이 터지고 나서는 경계도 삼엄해지고 주변에 보는 눈이 많아졌다. 사건 수사를 일사천리로 해낸 것은 아는데, 그 외 무엇을 알아낸 걸까 싶었다. 그 생각은 잠시 접어 두고 릭에게 다른 질문을 던졌다.

"내 시체 판명은 잘 끝냈지?"

릭이 끄덕였다.

"네, 검시관이 잘 알아서 사망 처리를 했을 겁니다. 도박 빚에 목숨 잃지 않고 한번에 다 갚을 기회니까요. 그리고 대신 피살당한 시한부 여성의 가족에게도 현금 전달 완료했습니다. 감방 여성은 찰스의 지시로 한 소행으로 증언할 것이고 그 후 원하는 곳으로 수감 이동될 예정입니다."

디아가 인사했다.

"수고했어."

술잔을 들고 자리에서 일어난 디아가 갑판 끝으로 걸어가 멀리 수평선을 보며 말했다.

"술병 몰카 말이야, 그건 나와 너만 아는 일이었지. 왜 찰스에게 말하지 않았어?"

릭은 올 것이 왔구나 하는 표정이었다. 그는 망설이는 눈빛으로 잠깐 생각하더니, 디아 앞으로 다가와 답했다.

"알고 계셨군요……. 솔직히 말씀드리면, 어느 쪽이 남을지 알 수 없어서 양쪽에 베팅했습니다. 죄송합니다. 하지만 실력으로 남는 분을 모시고 싶어서 절대 치우치지 않고 일했습니다. 그것만 믿어 주십시오!"

디아는 피식 했다. 뜻하지 않은 사람에게 자신의 실력을 입증해 보인 것이 우스웠다. 디아는 미소를 띤 채로 릭에게 말했다.

"그 옛날, 찰스가 너를 내게 주었을 때 조금 의심은 했지. 하지만 그 세월 내내 회장 귀에 들어간 나에 대한 정보는 손해랄 게 없었거든. 그래서 점점 너를 믿게 되었지. 참 오랜 시간 나를 시험한 게로구나, 네가."

꾸중받는 아이처럼 릭은 고개를 숙였다. 디아는 그에게 바짝 다가갔다.

"건방진 자식. 후우. 실력 있는 보스가 되어서, 기분은 좋네."

그러자 릭은 고개를 슬쩍 들어 디아를 바라보았다. 충성스러운 개를 보는 듯했다. 하지만 디아는 이미 결정을 내렸다. 술잔을 바다로 던지고, 허리춤에서 총을 꺼내 그의 가슴에 갖다 대었다. 릭은 흠칫 놀라 뒤로 물러섰다. 디아가 씩 웃었다.

"나도 미안해. 끝까지 데리고 가지 못해서. 고생했어. 잘 가."

디아는 주저하지 않고 방아쇠를 당겼고 총알이 릭의 몸을 관통하며 뒤로 쓰러졌다. 디아는 차가운 표정으로 자신의 마지막 심복이 바닷속으로 떨어지는 모습을 내려다보고 나서, 시원하게 숨을 내쉬었다. 이제 빼앗겼던 삶을 마음껏 다시 살아 볼 시간이 왔다고 생각했다.

디아는 곧장 선장실로 들어가 항해 경로를 변경했다.

다음 날 늦은 시간, 배는 다른 국가의 부두에 정박했고, 현지의 새 주인에게 넘겨졌다. 배에서 내린 디아는 항구를 나가 도심 속의 어느 작은 호텔에 도착했고, 다른 이름의 여권으로 체크인했다. 방 안에 들어서자마자 앨리스에 대한 뉴스를 검색하고, 이민국 내부자에게 연락해 투자자 영주권 허가 여부를 확인했다. 이튿날 새벽에 다시 짐을 꾸린 디아는 비행장으로 향했다.

그리고 드디어, 새로운 신분으로 싱가포르에 입성했다. 그 후 사흘간 디아는 호텔에 틀어박혀 거동을 숨기다가 새 신분증을 받고 나서야 회사 매각을 한 자에게서 자금을 확보했다. 디아는 바로 수백억 달러의 수익을 이용해 투자사를 설립하고 미리 점찍어 둔 다양한 스타트업 기업과 접촉하기 시작했다. 또한, 사유지 위에 지어진 저택을 구매해 거주하기 시작했다. 드디어 자신이 원했던 삶을 살게 된 것이다. 하지만 남은 일이 하나 있었다. 바로 앨리스였다. 왜 한국으로 귀국하지 않고 싱가포르로 건너왔는지, 혹시 모를 위험을 대비하기 위해 확인이 필요했다.

2주 후, 디아는 익명으로 믿을 만한 사설탐정을 찾아서 앨리스에 대해 알아보기 시작했다.

17

은정은 싱가포르 종합병원에서 치료를 받으며 언니 은영의 인터폴 수사 진행 또한 함께 지켜봤다. 앞선 찰스 사건에서 수집한 디아에 대한 내용을 다시 확인했지만 디아의 조직은 흔적조차 없을 정도로 전멸했기 때문에 은정의 증언 말고는 별다른 증거를 찾을 수 없었다. 다만 CJ 해운 회사 관련자들과 매각에 관한 조사에서 의심 가는 부분이 있었고, 다행히도 경찰이 보유하고 있던 디아의 핸드백 속에서 수거한 휴대 전화기를 해킹해서 최근 연락한 번호들을 알아냈다. 살아 있는 자들을 일일이 조사했는데, 그중 특이하게도 이민국에서 일한 경력이 있는 자가 있었다. 용의자는 근래 싱가포르로 이직한 모양이었다. 인터폴 디지털 수사팀은 디아의 측근으로 의심되는 모든 이들의 휴대 전화기에 비밀리에 접속해 계속 감시했다. 그때, 누군가 이민국 용의자와 통화한 내용이 떴다. 번호를 추적해 보니 어느 해외 호텔이었다. 현지 경찰의 협조로 호텔 감시 카메라와 투숙 내역을 확인해 보니 베트남 국적의 어느 여성이 투숙했다가 바로 다음 날 아침에 나간 것으로 확인되었다. 소식을 들은 은정은 감시카메라 영상을 다시 보여 달라 요청했는데 체크인 카운터에서 열쇠를 받아 드는 여성의 옆모습을 보고 눈이 동그래졌다. 그 모습을 본 언니는 바로 눈치를 챘고, 인터폴 사건 담당 수사관에게 연락했다.

보안된 회의실에 모인 은정, 은영, 그리고 담당 수사관은 디아로 추정되는 용의자 검거에 대해 토의를 했다. 여러 의견이 나왔지만, 핵심은 용의자의 범행 증거 부족이 관건이었다. 이민국 용의자를 비밀리에 구속해 확인한 허위 신분 위조도 단순 범죄에 불과했고, 무엇보다 그는 디아를 알지 못했다. 또한, 싱가포르에 도착해 이뤄진 용의자의 행적에서는 별다른 불법 행위도 없었다. 인도네시아 측에서는 이미 사망 신고가 완료된 상태였기 때문에 이를 뒤집을 확증이 필요했다. 은정은 디아가 자신의 계획을 완성하고 저렇게 멀쩡히 되살아난 것이 아직도 믿어지지 않음과 동시에, 지금 체포하지 않으면 또 다른 누군가를 이용해 파멸을 초래할 것이라는 사실을 누구보다 잘 알고 있었다. 저토록 철저한 자에게 함부로 접근했다가는 모든 추적이 허사가 될 가능성이 있다고 생각한 은정은 고민 끝에 입을 열었다.

"저를 이용하세요. 디아는 제가 살아 있다는 게 찝찝할 거예요. 자신에 대한 모든 흔적을 애써 지웠는데, 제 증언으로 과거 범죄가 모두 드러날 수 있을 테니까요."

언니는 동생을 돌아보고 근심 어린 표정을 지었다. 하지만 용의자를 직접 겪어 낸 자신의 경험을 무시할 수 없을 것이라 생각했다. 담당 수사관 또한 잠시 조용히 심사숙고했는데 그 어떤 방법보다 효과적일 것이라는 사실을 부인할 수 없는 듯했다. 모두 진지한 표정으로 일관했다. 은정이 한 번 더 말했다.

"제가 치료받고 있는 나약하고 방심한 상태란 걸 흘리면 분명 반응이 올 거예요. 디아는 자신이 죽었다고 생각할 거라 믿고 나서지 않을까요? 자신의 정체를 아는 살아 있는 사람은 저뿐이니까요. 대신, 만반의 준비를 해 주세요."

그 말에 담당 수사관과 은영은 서로 눈빛을 교환한 다음 드디어 은정을 돌아보고 고개를 끄덕였다. 은정은 또다시 위험한 상황이 벌어질 것을 알면서도 의외로 냉철한 자신을 발견하며 두려움과 맞설 마음의 준비를 했다. 그리고 이번에는 회장이 아닌 디아를 대적할 훈련을 시작했다.

2주 후.

병원 담당 주치의가 은정에게 미소 지으며 말했다.

"근육도 뼈도 다 잘 붙었고, 봉합 상처도 깨끗하네요. 이번 주까지만 휠체어 쓰고 슬슬 걸어 다녀도 될 것 같네요. 고생했어요, 은정."

언니 은영은 은정의 등을 쓰다듬었고 은정은 그런 언니를 돌아보며 씩 웃었다. 의사에게 인사를 건네고 진료실에서 나오자 언니가 은정의 손을 잡으며 물었다.

"우리 그럼 이제, 산책하러 갈까?"

휠체어에 앉아서 은정은 언니를 쳐다보고 크게 고

개를 끄덕였다. 두 사람은 병원을 나가 거리를 걸었다.

곧이어 가까운 쇼핑몰에 도착했는데, 대낮에 열대 도심 속에서 인공 눈을 뿌리는 행사가 진행되고 있었다. 한적한 몰 한가운데로 휠체어를 타고 온 은정과 그 뒤를 밀던 언니가 멈춰 섰다. 언니는 잠깐 화장실에 다녀오겠다며 혼자 괜찮겠느냐 물었고, 은정은 언니에게 걱정하지 말고 가 보라 손짓했다. 혼자 남은 은정은 주변을 가만히 둘러봤다. 주머니에서 휴대 전화기를 꺼내 소셜미디어 앱을 켜고 최근에 올려 놓은 자신의 사진을 내려다봤다. 병원 이름을 태그한, 치료가 끝나 간다는 소식을 전하는 내용이었다. 다시 고개를 들어 앞을 보는데, 저 앞 그림자 속에서 자신을 주시하는 사람의 모습이 보였다. 은정은 꿀꺽 침을 삼켰다. 아무렇지 않은 듯 숨을 내쉬고 주먹을 쥐었다. 다시 정면을 보니 아무도 없었다. 그때, 옆에서 누군가 바짝 다가와 은정의 어깨를 잡았다. 은정은 놀라 고개를 돌려 올려봤다. 디아였다. 주머니 속의 손이 떨렸지만 침착하게 입을 열었다.

"디아······ 역시······ 살아 있었군요. 어떻게 된 거에요? 왜 여기 있어요?"

디아는 피식 웃으며 반갑다는 표정을 지었다.

"너 보러 왔지. 솔직히 지난 며칠간 사설탐정이 너를 주시하고 있었어. 이래서 인터넷에 뭐 함부로 올리면 안 돼. 너도 겪어 봐서 알잖니? 그새 잊었어? 뭐, 그 덕에 너를 찾긴 해서 다행이다."

은정은 역시나 싫었다. 우선은 디아를 만난다면 직접 묻고 싶었던 말을 던졌다.

"근데, 한 가지 궁금한 게 있어요. 왜…… 나를 납치했어요?"

디아는 '응?' 하는 표정으로 은정을 내려다보다가 잠깐 생각하더니 답했다.

"그걸 알아낸 거야? 누가 알려 줬을까? 다 죽었는데. 기특하구나, 앨리스. 많이 똑똑해졌네."

디아가 숨을 내쉬고 말했다.

"그렇다면 더더욱 그냥 보내면 안 되겠구나. 안타깝네. 너는 내 최고 작품인데 말이야. 아, 답을 하자면, 너를 납치한 이유는 간단해. 네가 회장의 맘에 들 거라 확신했거든. 하지만 그보다, 사람들의 고통을 보고 그냥 지나치지 못하는 너의 그 뛰어난 공감 능력이 나를 살린 셈이야. 참 아이러니하지?"

은정은 디아의 손에 쥐여진 날카로운 물건이 목을 향하고 있음을 느꼈다. 아마도 전에 한 방에 혈을 누르는 기술로 자신을 제압했던 것보다 훨씬 위험한 기술을 쓸 것이라 예상할 수 있었다. 심장이 터질 듯 뛰었다. 디아가 손가락을 살짝 뒤로 미는 것이 주변 시야로 보였다. 디아가 덧붙였다.

"사람은 결국 자신을 위해 주변을 이용하게 되어 있어. 뭐 어찌 보면 너 같은 사람이 쓸데없이 스스로를 태워 온기를 주는 탓에 나 같은 사람이 이렇게 멋지게 부활하는 거지. 덕분에 난 드디어 완벽하게 자유로운, 그 누구도 건드릴 수 없는 새로운 삶을 누릴 거야. 고마워 앨리스, 잊지 않을게."

은정은 가만히 숨을 가다듬다 평온한 맥박이 된 순간, 휠체어에서 벌떡 일어나는 동시에 디아의 손목을 잡아 밀치며 그녀의 몸 쪽으로 세게 꺾었고, 반대쪽 팔도 디아의 상체 뒤로 휘감았다. "아악!" 비명 소리와 함께 디아의 손목이 부러졌고, 가느다란 침이 바닥에 떨어졌다. 이와 동시에 전방, 우측, 좌측, 후방, 모든 방향에서 시민으로 위장했던 현지 경찰, 인터폴 요원들, 담당 수사관, 그리고 은영이 총구를 들이대며 디아를 포위했다.

얼마 전, 디아의 얼굴을 확인한 은정은 자신이 미끼가 되어 그녀를 유인해 현장에서 체포할 계획을 세워 진행했다. 디아의 모든 통신기기는 인터폴이 비밀리에 인터셉트해서 추적했으며, 은정은 자신이 유약해 보이는 이미지를 인터넷에 흘렸고, 디아가 고용한 사설탐정 또한 인터폴이 위장한 비밀 요원이었다. 또한 은정은 같은 기간 동안 인터폴 내부에서 컴뱃 훈련을 했는데, 디아가 은정을 기절시킬 때 썼던 기술은 중국 무술 중에 전설로 여겨지는 죽음의 손길, '딤막'으로 파악되었고, 그에 대응하는 몇 가지 전술을 전수받았다. 진료실을 나서기 직전에 디아가 그쪽으로 향한다는 정보를 입수한 모든 인터폴 요원과 현지 경찰은 리허설한 대로 민간인 출입을 막은 근처 장소로 유인해 포위 작전을 펼친 것이었다.

디아는 너덜거리는 손목을 부여잡고 은정을 노려보며 고통에 이를 가는 진짜 얼굴을 드러냈다. 은영은 은정을 경찰 쪽으로 밀고, 인터폴 요원과 함께 비명을 지르는 디아의 두 손에 수갑을 채웠다. 분노와 눈물이 섞인 얼굴로 디아가 은정을 향해 내뱉었다.

"네가······. 나를 함정에 빠뜨렸구나. 감히······ 하지만 자만하지 마. 언젠가, 후회하게 만들 거야."

은정은 대단해 보였던 디아가 결국 주변을 탓하고 자신의 오류를 인정하지 못하는 한낱 연약한 인간이란 사실을 다시금 확인했다. 그래서인지 비난이 아닌 조언을 건넸다.

"당신, 가족에게 버림받고, 모시던 자에게 죽임을 당할 뻔했지. 정말 억울했을 거야, 그럴 것 같아. 하지만, 당신의 삶만큼 타인의 생명도 소중하다는 걸 이번에 깨달았으면 해. 복수를 위해 살지 말고, 고귀한 사람이 되어 가길."

디아는 여전히 억울하다는 표정으로 검은 인터폴 호송차에 실려 가까운 유치장으로 향했다. 은정은 디아의 마지막 모습을 지켜보며 감수성을 자극해 타인을 조종한 디아의 능수능란함에 탄복하는 동시에, 타인에게 휘두르는 폭력성에 둔감해지면 어떤 결과를 낳는지 새삼 끔찍하다는 생각이 들었다. 은영은 은정이 녹음한 디아와의 대화가 담긴 휴대 전화기와 무기로 사용하려 했던 침을 담당 수사관에게 건네며 공조를 마무리했다. 그 모습을 먼발치에서 바라보던 은정 곁으로 돌아온 은영은 대견하다는 듯 동생의 어깨를 툭툭 쳤다. 은정은 그제야 긴장을 풀고 은영의 팔을 들어 자신의 어깨를 휘감으며 언니의 품 안으로 바짝 섰다. 두 사람은 나란히 어깨동무하고 서서 드디어 안도의 숨을 내쉬었다. 자매의 등 뒤, 쇼핑몰 안에서는 인공 눈이 펄펄 내리며 온통 새하얗게 쌓여 갔다.

작가의 말

저는 열 살에 말레이시아로 건너가 싱가포르를 포함해 총 16년을 동남아시아에서 거주했기 때문에 이곳에 대한 애정과 추억이 많습니다. 성인이 된 후 귀국해 모국에 적응(?)하면서, 단일문화와 다문화 사회 사이의 차이와 마주했고, 그로 인해 국제적인 프로젝트를 고민하고 개발하게 되었습니다. 그러던 어느 해, 자카르타에서 시나리오 연구를 하며 도시를 떠돌다 수상한 광경을 본 적이 있었습니다. 당시는 몰랐으나, 시간이 지나 그 장면들이 이번 이야기의 모티브가 되었고, 이어진 배경 조사는 제 의구심을 해명해 주고 캐릭터를 상상하는 풍부한 근거가 되었습니다. 저의 경험과 연구가 어떤 식으로든 제 이야기에 묻어나리라 짐작은 하고 있었는데, 이렇게 첫 소설에 가미하게 되어 감회가 새롭습니다.

제 소견으로는 이 소설의 장르이자 소재인 범죄가 발생하는 가장 근본적인 원인 중 하나는, '사람에 대한 감수성' 감소, 즉 상대에게 가하는 폭력에 대한 충격에 둔감해지는 데 있다고 생각합니다. 이것은 다른 말로 '공감능력'이라 할 수도 있겠지요. 자신이 속한 사회가 얼마나 구성원의 공감능력을 교육하고 발달시켰는지에 따라, 여러 사회를 오가며 이해하고 소통하고 적응하는, 능력의 차이를 만들 것입니다. 최근엔 팬데믹 사태가 세상은 분리되어 돌아가지 않는다는 점을 상기해 주지 않았나 싶습니다. 그래서 우리는 나뉜 세계가 아닌, 서로 영향을 주고받는 지구에 산다는 점을 항상 기억했으면 합니다.

여러모로 모자라지만, 친구들과 가족의 지지 덕분에 용기를 잃지 않고 꾸준히 다양한 이야기를 창작해 왔고, 운 좋게도 안전가옥 신진 스토리작가 개발 프로젝트에 뽑혀, 훌륭한 강의와 멋진 닥터링까지 받을 수 있었기에 이 작품을 내놓을 수 있었습니다. 도움 주신 모든 분들께 감사의 마음을 전합니다. 혹시 누가 당신에게 나이가 많아서 안 된다, 또는, 재능이 적으니 예술을 하지 말라고 한다면 절대 듣지 마시길 바랍니다. 누구나 창작할 수 있고, 언제 어떻게 시작하든 모든 예술은 인류의 거울이 될 소중한 도전이니까요. 모든 예술가를 응원합니다!

프로듀서의 말

　한국콘텐츠진흥원과 안전가옥의 '2022 신진 스토리 작가 육성 지원 사업'을 통해 발굴된 신진 작가님들의 작품들이 안전가옥의 새로운 라인업 '노크'의 포문을 엽니다. 2022년 5월부터 3개월간, 단독으로 소설 단행본을 출간한 적이 없는 창작자들을 대상으로 모집했고, 제출하신 원고에 대한 심사와 면접 심사 등을 거쳐 여덟 명의 신진 작가님들을 선정하여 함께 프로젝트를 진행했습니다.

　2022년 10월, 스릴러의 대가 서미애 작가님의 특강을 시작으로, 안전가옥 스토리 PD들과 일대일 멘토링이 진행되었습니다. 월 1회 현직 작가님들의 스릴러

작법 특강을 비롯하여 개별 작품 맞춤 피드백까지, 짧은 시간이지만 압축적으로 신진 작가님들의 원고를 갈고닦았습니다.

이번 프로젝트의 핵심 키워드는 '스릴러'로, 이 장르의 특징은 나의 평범했던 일상을 위협하는, 그래서 나의 삶이 변화할 수밖에 없는 지점을 긴장감 있게 다루는 것입니다. 이를 중심으로 다양한 장르와의 결합을 통해, 범죄 스릴러, SF 스릴러, 판타지 스릴러, 하이틴 스릴러 등 작품마다 차별점을 두었습니다.

《열대의 눈》은 한국이 아닌 멀리 인도네시아에서 벌어지는 사건을 다루고 있는 범죄 추적 스릴러입니다. 대다수 한국인에게 인도네시아의 수도 자카르타는 낯선 장소라고 생각합니다. 저 또한 마찬가지였습니다. 그러나 배경의 낯섦은 신선한 자극을 주고 흥미를 유발하는 데 있어 좋은 방법의 하나입니다. 다만 유념해야 할 것이 있지요. 바로 거리감입니다. 낯선 장소에서 낯선 인물들이 자신들만 아는 어떤 이야기를 계속 낯설게만 한다면 어떻게 될까요. 처음의 흥미는 이미 온데간데없겠지요.

사실 《열대의 눈》은 처음 만났을 때부터 이미 기

본적인 골격이 잡혀 있던 이야기였습니다. 흔히 말하는 소설의 3요소, 인물·사건·배경에서 사건과 배경은 명확했습니다. 인물 또한 마찬가지였지만 앞서 말씀드렸던 거리감의 균형이 잘 맞지 않게 다가왔습니다.

러시아 민담을 정리하여 《민담 형태론》이라는 저서를 남긴 블라디미르 프로프는 그의 책에서 '출발'하는 주인공을 두 가지 유형으로 나눴습니다. 바로 탐색자형과 피해자형입니다. 탐색자형은 의뢰를 받아 어떤 대상을 찾아 나서거나 본인의 의지로 출발합니다. 피해자형은 주인공의 의지와 관계없이 출발하지 않으면 안 되는 상황에 몰리는 경우입니다. 당시에는 이런 형태에 대해 직접적으로 논의하기보다는 어떤 인물이 어떻게 움직여야 이 거리감 혹은 균형감을 찾을 수 있을지에 대해 많은 의견을 나누었습니다.

이 과정을 차근차근 밟아 가신 작가님께서는 마침내 허구의 '은정'을 우리의 '은정'으로 만들어 내셨고, 낯선 인도네시아 배경의 이야기를 지금-여기 우리의 이야기로 전달하시는 데 성공하셨습니다. 애써 주신 작가님께 다시 한번 감사의 인사를 전하며 끝까지 읽어 주신 독자분들께도 멀리 떨어진 이야기가 아닌 가까이에서 같이 호흡한 이야기가 되었기를 진심으로 바랍니다. 감사합니다.

안전가옥 스토리 PD

윤성훈 드림

노크 | 08

열대의 눈

1판 1쇄 발행 2023년 4월 12일

지은이 사라 진희

기획 안전가옥
콘텐츠 총괄 이지향
프로듀서 윤성훈
             고혜원, 김보희, 신지민, 이수인
             이은진, 임미나, 조우리, 황찬주
퍼블리싱 박혜신, 임수빈
편집 양은경
디자인 박연미
서비스 디자인 김보영
비즈니스 이기훈
경영지원 홍연화

펴낸이 김홍익
펴낸곳 안전가옥
출판등록 제2018-000005호
주소 04779 서울특별시 성동구 뚝섬로1나길 5,
         헤이그라운드 성수 시작점 201호
대표전화 (02) 461-0601
전자우편 marketing@safehouse.kr
홈페이지 safehouse.kr

ISBN 979-11-93024-08-9 (03810)

이 책은 한국콘텐츠진흥원 2022 신진 스토리 작가 육성
지원사업에 선정되어 발간되었습니다.